D E A R + N O V E L

はじまりは窓でした。

名倉和希
Waki NAKURA

新書館ディアプラス文庫

S H I N S H O K A N

はじまりは窓でした。

目次

イラストレーション／阿部あかね

はじまりは窓でした。

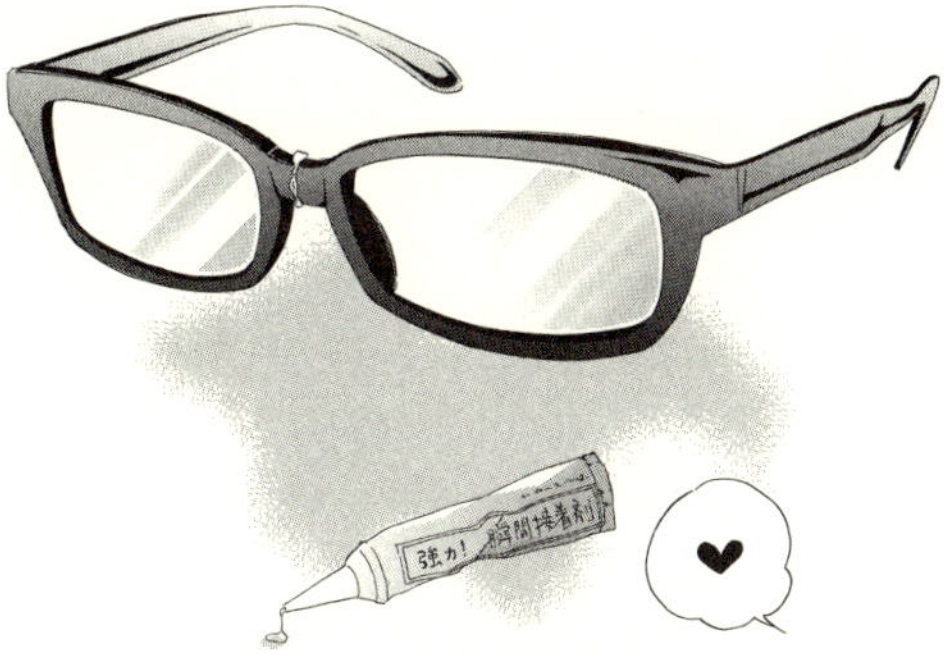

吉国幸一《よしくにこういち》は茫然《ぼうぜん》と固まっていた。

驚きのあまりメガネが鼻の上で微妙にずれていることにすら、気づけないでいた。

東京都港区《みなとく》、いくつも建《た》ち並《なら》ぶ真新しい高層ビルの中に、自分はいま、いるはずだ。おそらく地上三十メートルほどの場所に、吉国が勤務するオフィスはある。

窓から見える景色は、内部が肉眼では詳細に見えないほどの距離に建つ近くのビルと、青空だけのはず。

それなのに、窓ガラス一枚を隔《へだ》てた外から、男がぶら下がってこちらを見ていた。年のころは二十代半《なか》ばか。三十代半ばの吉国からしたら、十歳ほども年下の若造だ。ただし、体格は吉国より立派そうだった。

日に焼けた顔はそこそこに整《ととの》っていて、きりりと上がった眉《まゆ》は男らしく、黒目がちの目には愛嬌《あいきょう》が感じられた。

男は吉国と目が合うと、にこっと笑顔になった。爽《さわ》やかな印象だ。なかなかの好青年と思われる。

青い作業服に白いヘルメット。両手にはなにやらT字型の道具を持っている。それは車のワイパーに似て見えた。

ブランコのようなものに座り、その両端から伸びたロープは窓枠《まどわく》の上に消えている。どうやらそれでビルの側面にぶら下がっているらしい。

「窓拭《まどふ》きの清掃員《せいそういん》か……！」

吉国は、今朝の社内メールを思い出した。今日から約一ヵ月の予定で窓拭きが行われるので、ビルメンテナンス会社の作業員の視線や動きなどが気になる者はブラインドを下ろすように、という注意書きがあった。

視線や動き――？

吉国はハッと我に返った。

彼があからさまにじっと一点だけを凝視《ぎょうし》していることに気づき、吉国はとたんに慌《あわ》てた。

視線は――まちがいなく吉国の股間《こかん》に注《そそ》がれている。

「こ、これは、ちがうんだ。深い意味はないんだっ」

吉国は焦《あせ》って言い訳をした。もちろん、気密性の高い高層ビルの窓ガラスがこれしきの音量を伝えるわけがない。

男の視線は動かない。嫌悪や侮蔑《ぶべつ》といった色はなく、ただ興味深そうだった。

吉国はカーッと赤くなった。

「見るな、バカ者っ」

吉国は怒鳴りながら、剝《む》き出《だ》しにしていた股間のものを隠すべく、下ろしていた下着を引き上げた。

そう、男は吉国の性器を凝視していたのだ。

吉国は男性用更衣室の隅《すみ》っこで、おのれの性器を衣服から出して握《にぎ》っているところを、窓の外から見知らぬ男に見られたのだった。


事の起こりは部下のミスだった。

「面倒なことをしてくれたもんだ」

吉国の静かな怒りに、入社三年目の男性社員は「申し訳ありませんでした」と頭を下げる。

メガネの奥の切れ長の目で睨《にら》むとたいていの者は気圧《けお》されたように俯《うつむ》くが、今日の吉国の眼光は別格だろう。部下の顔色は紙のように白くなっていた。

「おまえのささいなミスで、どれだけ会社が損害を被《こうむ》ったと思っているんだ。本当に反省しているのか？」

「反省しています。今後、二度とこのようなことがないように……」

「当たり前だ。こんなことが二度もあってたまるか」

「すみませんっ」

オフィスはしんと静まり返っている。

雨野《あまの》商事営業三課、課長の席で額《ひたい》に青筋《あおすじ》をたてている吉国と、デスクをはさんでただ頭を下げ続けている社員のやりとりを、同僚《どうりょう》たちは気の毒そうなまなざしで見ていた。

まるで吉国が悪者のようだ。くだらないミスをしたのは部下なのに。

そのミスの責任は、上司である吉国がとらなければならない。同僚の前で怒鳴るくらい、してもいいと思った。

「確かもう三年目だろう。しっかりしてくれ。それとも私の下で働くのが嫌で、異動したいがためにこんなことをしでかしたのか」

「まさか、とんでもありません」

ぎょっとした表情で否定するが、吉国は信じていない。

業績を上げて順調に出世している吉国は、自分にも他人にも厳しい。何事にも完璧を求め、周囲にも同様に質の高い仕事を求めている。ついてこられない者は、自分の課には必要ないと公言していた。

そんな中間管理職が好かれるわけがない。つまり、嫌われていた。

吉国の外見は悪いほうではないだろう。

身長は百七十センチ程度と高くはないが、低くもない。男としては細身だが、体格をカバーする質のいいスーツを着用しているため、決して貧弱には見えない。

顔も及第点《きゅうだいてん》だと自負《じふ》している。

甘い雰囲気のないきついまなざしを持つ目と、繊細なつくりの鼻梁《びりょう》、薄い唇《くちびる》。黙って立っているだけなのに高慢そうだとよく評された。

確かに人としての親しみが欠けている顔だと思う。だが生まれつきなのでどうにもならない。愛想笑いを振りまくのは面倒だし、効果のほどが知れないのに無駄な労力は使いたくない。

さらに黒縁《くろぶち》のメガネが堅苦《かたくる》しい性格をよりいっそう堅苦しく見せ、近寄りがたい空気を作っているらしい。吉国は自覚していたが、直そうとは思っていなかった。

鬱陶《うっとう》しい上司として嫌われても結構。

外見で部下に媚《こ》びるつもりはない。無駄に褒《ほ》めたり慰《なぐさ》めたりして甘やかすなんてもってのほかだ。

吉国は自分が正しいと思うことを貫《つらぬ》いているだけだった。

「とりあえず先方には私が謝罪に行った。今回は大目に見てくださるそうだ。後日、あらためておまえが挨拶《あいさつ》に行くように」

「はい。ありがとうございました」

「ミスによって生まれた損害はわが社が被ることを忘れるな。今度なにかやらかしたら、僻地《へきち》へ異動だと思っておけ」

「は、はい……」

泣きそうな顔でこくこくと頷《うなず》く社員を、吉国は右手で犬を追い払うように遠ざけた。

なにもそこまで言わなくても…といったオフィス中の冷たい視線など意に介さず、吉国は不在のあいだに滞《とどこお》っていた書類を広げる。

「だれかコーヒーを持ってきてくれ」

書類に視線を落としたまま頼むと、すぐにだれかがパタパタと動き出す。

「あの、課長、お持ちしました」

「ああ、ありがとう」

顔を上げたときだった。緊張した面持《おもも》ちの新人女性社員は、「あっ」と間抜けな悲鳴とともにトレイをひっくり返した。

熱いコーヒーが入ったカップは、くるりと空中で一回転。見事に吉国の下腹部あたりに落ちた。

「熱っ！」

「す、すみません、すみませんっ」

淹《い》れたてのコーヒーは火傷《やけど》をしそうなほど熱かった。上司に怪我《けが》をさせるつもりかと怒鳴ろうとしたが、すでに半泣きになっている童顔の女性社員を見て、やめた。

「……着替えてくる」

「すみませんでした、あの、本当に…」

追いすがってくるその女性社員をふりきり、男性更衣室へと急ぐ。

安物のスーツは着ないので、あっというまに布地に染《し》みて地肌《じはだ》に到達することはなかったが、じわじわと染みてきているのは確かだ。液体の熱を感じる。

更衣室の吉国のロッカーには、いざというときのために着替えが一式、置いてあった。いままで使ったことはなかったが、まさかこんな理由で役に立つときがこようとは。

更衣室に入ってすぐ、ドアに鍵をかけ、吉国はスラックスを脱いだ。ちょうど股間の部分にじっとりと褐色《かっしょく》の染みができている。

「クリーニングで落ちるかな…」

洗濯代をあの女性社員に請求しようかと腹立ち紛《まぎ》れに思ったが、新入社員と課長職とでは給料が段違いだろう。あの社員がどんな暮らしをしているか知らないが、クリーニング代が一ヵ月の小遣《こづか》いに響くことは間違いない。大人気《おとなげ》ないことはやめようと、ため息をついた。

「下着も替えないとだめか」

グレーのボクサーブリーフにもコーヒーは染みていた。液体の温度はすでに人肌になっているが、さっきはかなり熱いものを感じた。

「パンツの替えも置いておいてよかったな」

ロッカーから新品のボクサーブリーフを出して足を通そうとし、ふと股間が気になる。

「……火傷、していないか？」

火傷特有のずきずきとした痛みなどはないが、繊細な部分なだけに心配だ。

最近はあまり使用していないが、いざというときに使い物にならないと男としての面子《メンツ》にかかわる。

吉国は下着を膝《ひざ》まで上げたところで、性器を手に取り、じっくりと検分してみた。

「うーん……」

更衣室の照明はあまり明るくない。よく見えなかった。

「そうだ、窓に…」

更衣室に唯一ある窓にはブラインドはついているが、一番上まで上がったままだ。そう言えば、きっちり下がっているのを見たことがないなと思う。

更衣室とはいえ男性社員用だし、となりのビルとは百メートルほど離れているので望遠鏡でも使用しないかぎり内部を詳細に覗《のぞ》けはしない。だからあまり気にする者がいないのだろう。

吉国はボクサーブリーフを膝で留め、下半身を丸出しにしたままよろよろと窓に歩み寄った。太陽光で股間をもっとよく見てみようとする。

そこで、窓の外から視線を感じ、ビルの壁面《へきめん》にぶら下がっている窓拭きの清掃員とばっちり目が合ったのだった。


スーツを着替えて更衣室を出た吉国は廊下を駆け抜け、自分のデスクに慌てて戻った。

「あ、あの、課長……」

「後にしてくれ」

さっきコーヒーをぶちまけた女性社員が青い顔で待ち構えていたが、それどころではない。

パソコンの社内メールを読み返してみたが、清掃を請け負《うお》っているビルメンテナンス会社の名前までは書かれていなかった。派遣されてくる社員の名前などもちろん一人も明記されていない。

「おい」

近くを通りかかった部下を呼びとめる。塚本《つかもと》という入社十年目の中堅男性社員だった。入社以来ずっと「楽だから」という理由で頭を五分刈《ごぶが》りにしている男で、吉国を敬遠しない数少ない部下のひとりだ。

「今日、窓拭きに来ているメンテナンス会社はどこかわかるか？」

塚本は「さあ？」と首を捻《ひね》る。

「なにかあったんですか？」

「いや、別になにもないっ」

なにもないとは思えないような力強い否定になってしまったことに、吉国自身は気づいていない。

「総務に聞いてみたらどうですか」

「そうか。そうだな」

吉国は座ったばかりのチェアから勢いよく立ち上がり、ばたばたと三課から飛び出した。

総務ですんなりと会社名を聞き出し、ふと気付いて屋上へと向かう。

さっきの男をつかまえるためだ。

「私としたことが…っ」

社名を調べるよりも先に本人をとっつかまえて話をすればよかったのだ。こんな簡単なことが思いつかないほど、動揺《どうよう》していたらしい。

最上階までエレベーターで上がり、あとは非常階段で屋上へ向かう。が、屋上に続くドアを、ビルの警備員が施錠《せじょう》していた。

初老の警備員は、息せき切って現れた吉国に「どうかしましたか？」と聞いてきた。

「あの…鍵をかけてしまうんですか？ 今日はメンテナンス会社が窓拭きをしているはずなんですが」

「ああ、それはさっき中断したんです。風が強くなってきたとかで。続きはまた明日だそうですよ」

「そうですか」

ドアを施錠しているということは、もう屋上にはだれもいないということだろう。作業員が何人来ていたのか知らないが、忍者のように素早い——。

「明日か…」

待っていれば明日には会えるかもしれない。だが派遣されてくるメンバーが替わる可能性はあるだろう。

「よし」

いつでも即断即決の吉国は、明日まで待っていられないと結論づけた。もう一度、総務へ向かい、メンテナンス会社の所在地を確認したのだった。

メンテナンス会社は新宿《しんじゅく》にオフィスを構えていた。吉国は仕事を定時に切り上げて新宿まで出向き、駅前のカフェでそわそわと時計と入口を交互に眺《なが》めるという挙動不審《きょどうふしん》な男になった。

「お待たせしました」

最初にオーダーしたコーヒーがなくなり、約束の時間より五分ほど遅れたころ、Tシャツにジーンズ姿の青年が現れた。

青い作業服を着ていないが、まちがいなくあの窓拭き男だ。

身長は百八十センチくらいだろうか。すらりと手足が長く、均整がとれている。清掃員という仕事柄《がら》からか、適度に筋肉がついた健康的な体をしていた。

私服姿のせいで、作業服とヘルメットに隠されてわからなかった部分がよく見える。髪は短い。スポーツ刈りに近いだろうか。

「雨野商事の方ですよね」

態度も声も、爽やかな印象を受けた。

吉国は立ち上がり、スーツの内ポケットから名刺を取り出す。

「呼び出しに応じてくれてありがとう。私はこういう者です」

「あ、えーと、すみません、俺、名刺なんて持っていないものですから……」

青年は恐縮しながら名刺を受け取り、吉国の名前をじっと見つめた。

「吉国、幸一さんとおっしゃるんですね。営業の課長さんでしたか」

「君は白柳《しろやなぎ》君だね」

名前はメンテナンス会社に電話して教えてもらっていた。

今日、雨野商事に来ていた作業員は五人だったが、見た目の年齢と大雑把《おおざっぱ》な容姿《ようし》を説明すると、電話を受けた人間が、それは白柳ではないかと答えたのだ。もちろん吉国はおのれの股間を見られたから探しているなんてことは伝えていない。

「はじめまして、俺は白柳謙介《けんすけ》といいます。友達にはシロって呼ばれています」

はきはきと話す白柳は、呼び名といい邪気のない笑顔といい、人懐《ひとなつ》っこい犬のようだ。

「なにか飲むか？　それとも食事をしたいか？　好きなものを頼みなさい」

「食事はここではいいです。とりあえずアイスコーヒーを」

吉国は通りかかったギャルソンを呼びとめ、自分のお代わりと白柳の分のアイスコーヒーをオーダーした。

「さて、白柳君」

ごほん、と咳《せき》をひとつして、吉国は白柳に向き直った。

「ここに呼び出された理由は、わかっているね」

「えーと、なんとなくは…」

「今日見たこと、だれにも言わないでほしいんだ。もうだれかに喋《しゃべ》った？」

「まさか。だれにも言いません」

白柳は真剣な顔で断言してくれた。だがそれだけでは吉国は安心できない。

「一筆書いてもらっていいかな？」

「いいですよ。……吉国さんって、面白い人ですね」

「えっ？」

細かすぎて変人だとか、扱いにくい偏屈《へんくつ》だとか、ワーカホリックだとか言われたことはあっても、面白い人などと評されたのははじめてだった。

「私が、面白い？　なにかの間違いじゃないか？」

「どうしてそう思うんですか。充分、面白いですよ」

白柳はにこにこと笑っている。変な青年だ。

カフェの小さなテーブルにあらかじめ用意してきたA4用紙を広げ、吉国はさらさらと万年筆を走らせる。

「ここに署名してほしい」

「えーと、『誓約書　今日、九月〇×日、雨野商事で目撃したことは、一切口外しません』ですか。わかりました」

白柳はためらいなく署名し、拇印《ぼいん》を押してくれる。もちろん吉国は朱肉を用意していた。

「これでいいですか」

「もちろんだよ。ありがとう」

吉国はやっとホッとして笑みを浮かべた。誓約書を大切にファイルにしまう。

「君は素直でいい青年だ」

「そうですか？」

「私の都合で退社後のプライベートな時間を奪ってしまって申し訳なく思う。これから私は食事でもして帰ろうと思うのだが、いっしょにどうだ？」

誓約書に署名捺印《なついん》をしてもらって気分が良くなった吉国は、白柳を誘った。

「ここのお上品なメニューでは満たされないから、さっき断ったんだろう？」

「じつはそうです」

白柳は照《て》れ臭《くさ》そうに俯《うつむ》いて、片手で頭を掻《か》いた。正直さ加減に好感が持てる。

「このあたりで君の行きつけの店はあるか？　連れて行ってくれ。ご馳走《ちそう》してあげるよ」

「いいんですか？」

下手《へた》に遠慮しないところも気に入った。

徒歩で十五分ほどの場所にあると聞き、カフェを出て、白柳の案内で歩き出す。

新宿の駅周辺はあいかわらず人でごった返している。終業時間を過ぎているからなおさらだろう。だが白柳のおかげで歩きやすかった。長身の白柳は目立つらしく、通行人がなんとなく避《よ》けていってくれるのだ。白柳は便利だなと、吉国は単純に思った。

「君、酒はどうだい？　結構イケる口かな？」

「あー…どうですかね。弱いほうではないと思います」

「あまり飲まないのかな？」

「嫌いじゃないんですけど、仕事柄、あまり深酒はしないようにしています」

「酒が残っていると、ああいった仕事はやはり危険なのかい」

「集中力が必要な仕事ですから。注意力が散漫になりやすくなることは避《さ》けています。即、命にかかわりますから」

「大変な仕事だな」

「好きでやっていますし、休日の前には普通に同僚と飲みにいったりしますよ」

あたりまえだが、その点については一般的な会社勤めの者とおなじだなと、吉国は頷く。

「ビルの屋上からぶら下がることが好きなのか？　怖くないのか？」

「怖いですよ。まったく怖くなくなったら、それはそれで事故に繋《つな》がりそうで危険ですよ」

「それはそうかもしれないが、怖いのにやるんだな」

「清掃員はみんな似た考えだと思いますけど、汚れたものをきれいに掃除するのは楽しいです。ある意味、快感でもあります。それがビルの窓ガラスなんかだと、めったな人はできないですよね。俺がやらなきゃだれがやるっていう使命感すら湧《わ》いてきます」

「なるほど。興味深い心理だな」

　そんな会話をしているうちに、白柳の行きつけの店に到着した。

　雑居ビルの地下にある居酒屋だった。

「店は狭《せま》くて庶民的ですけど、味はいいんです。こんなところでは嫌ですか？」

「まさか。料理が美味《うま》いなら店構えなど気にしない。君は私をどんな人間だと思っているんだい」

「気を悪くしたなら謝ります。すみません。俺はただ、あんな大きな会社の課長さんだから、もっと高級な店で高級なものを食べるのかなと思っただけで…」

「私はごくごく庶民的な人間だよ。たしかに給料は平均的なサラリーマンより若干《じゃっかん》良いかもしれないが、無駄遣いは嫌いだ」

「それを聞いて安心しました。さ、入りましょう」

白柳に促《うなが》されて、吉国は居酒屋ののれんをくぐった。


「いったんぶら下がるとなかなかトイレに行けなくなるんです」

「ああ、なるほど」

「風が強いと作業は中止だし」

「今日がそうだったな。社内メールでは作業にかかるのは約一ヵ月とあったが、天候によってできない日も計算に入れているわけか？」

「そうです」

ビールをジョッキで頼み、吉国は白柳の苦労話を楽しく聞きながら料理を摘《つま》んだ。

「トイレにどうしても行きたくなったときはどうするんだ？」

「やむなくバケツにしたりします」

「バケツか。よかった。そのまま空中にしてしまうのかと思っていた」

「まさか。社会的モラルに反しますし、風向きしだいではせっかくきれいにした窓にかかったりしますから」

「そうか。その可能性があったな」

「吉国さんはどうして商事会社に入ったんですか？」

「とくにこれといった大志があったわけではないが、高校時代からなんとなく語学習得に燃えてね」

「英検とか？」

「もちろん。さらにハングルも面白くて。習得した語学をいかしたかった」

「言語学の方面には進まなかったんですか？」

「研究者になるつもりは最初からなかった。社会に出て働きたかったからね。いまの仕事に不満はない」

吉国にしては珍しく、警戒心ゼロで白柳にすらすらと自分のことを話してしまっていた。白柳が聞き上手であることと、吉国自身、彼に好感を持っているからだろう。

「君はどうして清掃会社に？」

「俺は大学在学中のアルバイトがきっかけです。ちょっとやってみたら楽しくて、社長に卒業を待たなくても正社員として大卒並みの給料を保証するって言われました。そのとき、会社は人手不足だったみたいです。最近、吉国さんの会社が入っているビルのように、全面ガラス張りのビルが多いし。それで中退しちゃいました」

「中退？　親御さんは反対したんじゃないか？」

「いえ、特に。むしろ卒業までの学費が浮いたって喜んでました」

「……君の親御さんはそういう方たちなんだな…」

「そうなんです」

店に入って三十分後にはお互いのプロフィールをほぼ完璧に把握《はあく》しあい、一時間後にはお互いがなぜ現在の会社に入社するにいたったかを語り終えていた。

「君自身、大学を中退して後悔はなかったか?」

「いまのところはありませんね。会社は最初の約束どおり、学歴よりも経験と技術を高く評価してくれるので」

白柳の口調には自信が満ちている。それが鼻持ちならない高慢さとはほど遠く、あくまでも身《み》の丈《たけ》にあった自信なので、嫌な印象は受けない。

「窓拭きの道具は、どこにでも売っているものなのか? あの車のワイパーみたいな道具」

「あれはスクイジーっていうものです。俺たちが使っているのは、いちおうプロ用ですけど、ネットでいくらでも普通に買えますよ。大きなホームセンターみたいなところへ行けば置いてあるかも」

「そうなのか。ならばだれでも君のような窓拭き清掃員になれるのかな」

「高いところが苦手でなければ」

あははは、と笑った白柳はとても愛嬌があった。

「窓拭きの道具は、たいして種類は豊富じゃないんです。スクイジーはたまに新型が開発されたりはしますけど、それをどう上手《うま》く使いこなすかは、個人の技量です」

「なるほど」

「ロープとか、ぶら下がるための道具はロッククライミング用のものを流用したりしています。実はこの業界、ロッククライマーが多かったりするんです」

「それは知らなかったな。だが頷ける話だ。君は山を登ったりするのかい？」

「俺はしません。崖《がけ》に窓ガラスはないですから」

「それはそうだ」

吉国は声をたてて笑った。

思いがけず気持ちのいい青年と知り合うことができたと、上機嫌だった。

白柳と個人的に会ったきっかけは更衣室で下半身を露出していたところを目撃されたことだったが、そんなことはもうどうでもよくなっていた。

年は離れているし、職業もまったくのジャンル違い。だがこれからも友達付き合いができそうな予感がした。

社会人になってから、腹を割って話せる友人はいなかった。ただ仕事に夢中で、同僚はすべてライバルだった。

こんなふうにだらだらと語り合うことなど、学生時代以来で、吉国はつい飲みすぎていた。

酔《よ》いがまわってきていることを自覚していたが、自制心がなかなか働かなかった。

気がついたときには、もう遅い。

「吉国さん？　大丈夫ですか？」

「うーん……」

頭が重い。ぐらぐらする。立ち上がるのがやっとで、とてもひとりではまっすぐ歩けない。

「ほら、俺につかまってください」

「……すまにゃい……」

「すまにゃいって、吉国さん、かわいすぎますよ…」

もたれかかっている白柳の肩が、くくくっと笑い声とともに揺《ゆ》れる。

「吉国さん、帰れますか……って、帰れそうにないですね。自宅が会社の近くで港区だっていうのは聞いたけど……」

朦朧《もうろう》としたまま、吉国は白柳に半《なか》ば抱《かか》えられるようにして居酒屋を出た。

世界がぐるぐる回っている。こんなに深酒をしたのは、本当にひさしぶりだった。

「しかたがないですから、俺の家に連れて行きますよ。ビジホに泊まるのは、やっぱもったいないんで。いいですよね」

「んー……明日は風がないといいにゃ」

「聞いてないですね」

やれやれ、と白柳がため息をつく。

「吉国さん、まえもって言っておきますが、できるだけ、俺は我慢するつもりですから。最初から下心があってお持ち帰りするつもりじゃないですからね」

なにやら白柳が耳元でごちゃごちゃと言っていたが、吉国はべろべろに酔っていたのでなんのことやらさっぱり意味がわからなかった。

タクシーに乗せられたことは、後日、白柳の口から聞いた。


「………みじゅ……」

「はい？　なんです？」

「みじゅ、くれ」

「水ですか？」

喉《のど》の渇《かわ》きを覚えてそう訴えたら、手に冷たいペットボトルを握らされた。魔法のようだ。欲しいものが動かなくても飛んでくるなんて。だが手に力が入らなくて蓋《ふた》を開けることができない。

「開けてくろ」

「はいはい」

だれかが蓋を開けてくれる。冷たい水をごくごくと気が済むまで飲んだ。

「……うまい」

「それはよかったですね。あの、こぼれていますよ」

胸のあたりが冷たいと思ったら、水をこぼしていたらしい。ぼんやりと霞《かす》む視界の中で、だれかが動いている。タオルのようなもので胸を拭いてくれた。

「脱いだほうがいいですか？　けっこう濡《ぬ》れていますけど」

「……脱ぐ」

吉国はもぞもぞとワイシャツのボタンを外《はず》しにかかるが、上手く指が動かない。ネクタイも外せない。いつもは苦もなくやっていることができなくなる苛立《いらだ》ちすら、いまの吉国からはすっぽり抜け落ちていた。

「俺がやってあげます」

だれかが手を伸ばしてきて、ネクタイを解《ほど》いてくれた。唐突に、これがだれだか思い出す。

「シロ！」

「はい？」

「おまえ、シロだろ」

「そうですけど……いきなりシロ呼ばわりですか。これだから酔っ払いは……」

「私は酔ってらい」

「酔ってます。もう、俺を煽《あお》らないでください」

「あおる？　青が、る？　どういう意味ら？」

「青じゃなくて、煽ると言ったんです。吉国さん、もう寝ちゃってください。ベッドを貸しますから。ほら、これが着替え」

「おまえはどこで寝るんら？」

重い頭でぐるりと狭《せま》い部屋を見渡せば、ベッドはひとつしかない。ベッドと小さなちゃぶ台が置かれた六畳間と二人掛けのダイニングテーブルがある四畳半、キッチンという間取りだ。六畳間には作りつけのクローゼットが見えたが、そのサイズから想像できる内容量からしたら、客用布団など収納されていないだろう。

「俺は床で寝ます。九月だし、寒くて風邪をひくことはないでしょう」

「それはダメら。私が床で寝る。家主《やぬし》はベッドを使うべきら」

そう主張しながら、再びワイシャツのボタンを外そうとするが、やっぱり上手にできない。

「シロ、シロ、脱がせろ」

「吉国さん～、頼むから、そんなことをあなたが言わないでください～」

「暑いーっ」

じたばたと床でもがきながらわめくと、盛大なため息とともに手が伸びてきて、ボタンをぷちぷちと外してくれた。

吉国はワイシャツを脱ぎ捨て、さらにベルトを外せと命令した。

「あの…吉国さん…。俺、非常にマズイ状態になりつつあるんですけど…」

妙に上ずった口調の白柳が、ゆっくりと吉国の上に覆《おお》いかぶさってくる。

「マズイって、なにが？　さっきの居酒屋は、美味かった」

「そうじゃなくて」

「暑い」

再度訴えると、白柳は吉国のベルトを外してくれた。その指が震えていたことを、酔っていた吉国は知らない。

吉国は邪魔なスラックスを脱ぎ、ボクサーブリーフ一枚で床にごろりと寝転がった。フローリングの冷たさが気持ちいい。

「あの、吉国さん」

「なんら〜？」

「吉国さんって、ゲイじゃないですよね」

「ゲイ？　それはなんろ？」

芸術の芸？　迎春の迎？　鯨肉《げいにく》の鯨？

「あー…だからその…………——ちがうみたいですね……」

ははは、と白柳の乾いた笑い声が聞こえた。なぜか物悲しい響きがした。

「吉国さん、ほら、ベッドで寝てください。そんな格好でいたら、いくら九月だといっても風邪をひきますよ」

「立てらぃー。シロが運んれくれー」

「それは……やりたくないな…」

「私のころが嫌いらのか。友達になれらと思っていらのに」

白柳に好かれていないのかもと思っただけで、じわりと涙が滲《にじ》んでくる。

「ああ、違います。こんなことで泣かないでくださいよ。あなたが嫌いなわけではなく、むしろその逆で、俺はほぼ裸状態のあなたに触《ふ》れたくないというか、なんというか……」

「いいから運びなしゃい」

「もう、どうなっても知りませんよ」

白柳のたくましい腕が吉国の背中に回り、抱き起こしてくれた。膝の裏にも腕が差し込まれる。ひょいと持ち上げられ、吉国は感心した。

「おまえ、すごい力持ちらろぉ」

「日ごろから体を使う仕事をしていますから」

そっとベッドに下ろされた。たぶんシーツその他は今朝のままだろう。白柳の体臭《たいしゅう》がした。気色悪いとは思わない。ただ、男なのだなと、あたりまえに感想を抱いただけだ。

「おまえろ匂《にお》いがするら…」

「そうでしょうね。不快ですか？」

「いや、いい匂いらろ」

ウッと白柳が喉を詰まらせたような音を出す。

「吉国さん、マジで勘弁してください…」

「なにが？」

「俺のタイプなんです、吉国さんって」

「タイプ？　私が？　なんろ？」

「なんのって……俺はゲイなんです」

いきなりのカミングアウト。

白柳の覚悟の上での告白だったが、酔っている吉国にその深刻さは理解できていなかった。

「年上が好きで、あなたみたいにスーツが似合う人はまさにストライクゾーンど真ん中なんです」

「へぇ～」

吉国には他人事《ひとごと》のようにしか聞こえなかった。素面《しらふ》だったら飛び上がって驚いていただろう。

ベッドに横になったらいつもの習慣か、メガネが邪魔になってきた。メガネを取って白柳に「はい」と渡す。

「吉国さんって……メガネを外すとけっこう印象が変わりますね」

「ん？　そう？」

「こう、なんか、近寄りがたさがなくなって、柔らかくなるというか、なんというか……より
いっそう……」

もごもごと白柳がなにやら呟《つぶや》いている。

「あの、俺、もう……我慢できそうにないんですけど」

「我慢は体に悪いぞ」

「あなたが言わないでくださいよ」

白柳が「あーあ…」とため息をつく。

「もう耐えられそうにないんで本音を言っちゃうと、目撃してしまったあなたの大事なトコロ
を、ぜひもう一度見たいと思っています」

「大事なトコロ？」

酔った脳味噌《のうみそ》で、吉国は「あそこのことかな？」と考えた。

「股間か」

「こ、股間です」

「見たいのか？」

「ぜひ見たいです」

「見るだけでいいのか？」

このとき、どうしてこんなことを口走ってしまったのか…。

「えっ……触《さわ》ってもいいんですか？」

「触ってどうするんだ」

「気持ちよくしてあげます」

「それはいいな」

「俺が触って気持ちよくしてもいいんですか？」

「いいぞ」

頷いた次の瞬間、吉国は白柳に伸し掛かられていた。

「吉国さんっ」

残っていたただ一枚の衣類、ボクサーブリーフが白柳によって脱がされる。

「んっ」

すぐに握られた。性急に扱《しご》かれて、吉国は陶然《とうぜん》と目を閉じる。確かに気持ちいい。他人の手によるひさしぶりの刺激に、吉国は溺《おぼ》れた。

ここしばらく恋人はいなかった。吉国は職場では好かれていなくとも、結婚相手としては有望なのか、付き合う相手に困《こま》ったことはなかった。

だが、いつまでたっても結婚を匂わせず、常《つね》に仕事優先の吉国についていけなくなり、いつも女の方が去っていっていた。

最後に付き合った女と別れたのはいつだったろう。もう一年以上も前のことだ。

こんな快感、すっかり忘れていた。

女の機嫌をとったり、プレゼントを贈ったり、セックスで奉仕したりするのが、いつも面倒だった。だから特に恋人がほしいと思ったことはなかった。

けれど、やはり人肌は心地いい。

「吉国さん、ここ、どうですか？」

「う……っ、あっ」

変なところを弄《いじ》られて、ビクンと腰が震えた。袋の裏側なんて、普通の女は触らない。

「いい？　いいですか？」

「くっ……いい……」

「よかった。じゃあ、ここは？」

「わぁっ」

肛門《こうもん》に触れられて驚き、反射的に逃げようとしたが、ペニスを握られていて動けない。すぐにとろりと冷たいものがそこに塗《ぬ》られた。

「つ、冷た…」

「すみません。俺、マジに余裕がなくて」

「あぅっ」

ぬめりとともに指が体内に入ってくる。

ぐちぐちと出し入れされているうちに慣れてきて、そのうち中にスイッチのようなものがあることを教えられた。

「ほら、ここを触ると、いいでしょ？」

「あっ、あっ、やめ、も……っ」

「吉国さん、すごい……色っぽい…。自分がとんでもないことになってるって、わかってます？」

「あ、んんっ、んあっ」

「すご……トロトロだ…。ほんとにはじめてなんですか？　ここ、すごく柔らかくなって……」

白柳の喉がごくりと鳴った。

「いいですか？　俺、しても、いいですか？」

「あぁ、あぁっ、も、どうにか、してくれっ」

「吉国さんっ」

がしっと肩を固定され、両足を大きく開かされる。指でねちっこく弄られたそこに、熱くて大きくて硬いものが押し当てられた。

じりじりとそれが押し入ってくる。

「あ……あ……いっ……！」

痛くて、辛くて、逃げ出してしまいたいほどだったが、白柳が巧《たく》みに体を押さえつけていてどうにもならない。

「痛…っ、やめ……も……っ」

どうしてこんなことになったのか、吉国にはさっぱりわからなかった。さっきまではとっても気持ちよくてふわふわと天国をたゆたっているようだったのに、いきなりの激痛。

「シロ、シロ、退《ど》け、痛いっ、痛い！」

「もうすこし、我慢してください、あとちょっとで、入るから…っ」

「もう入れなくていい！」

「あ、あ、動かないで、吉国さんっ」

ううっと耳元で白柳が呻《うめ》いたと思ったら、体の奥でなにかがじわりと濡れた。

「………イッちゃったじゃないですか」

後ろに挿入されているものが萎《しぼ》んだのがわかる。痛みが薄らぎ、吉国はホッと息をついた。

もうこれで終わりだと安心したのだが。

「もう一回、いいですか？」

「は？」

「俺、まだいけます」

白柳が真剣な目で訴え、くちづけてきた。白柳とのはじめてのキスだ。官能を刺激する舌使いに、吉国はまたすぐ恍惚《こうこつ》とした状態になる。

キスに夢中になっているあいだに、白柳は復活を遂《と》げていた。抜かないままに二回戦。一回目の精液がさらなる潤滑剤《じゅんかつざい》になったのか、痛みは少なかった。

それどころか、さっき指で発見されたスイッチをしつこく内側から擦《こす》られる。

「あっ、あっ、あっ、そこ、んっ」

「吉国さん、いいですか？　ここ、いいですか？」

「あっ、ああっ」

吉国はいつしか白柳のたくましい肩にすがりついていた。

目が覚めたとき、吉国《よしくに》は自分がどこにいるのかわからなかった。

裸眼《らがん》視力は0．1あるので、周《まわ》りは十分見える。いま吉国がいるのは、あきらかに自分の部屋ではなかった。広さは六畳ほどだろうか。ベッドとテレビ、本棚がわりのカラーボックスくらいしか物がないシンプルな部屋だ。

メガネを視線で探すと、カラーボックスの上にちょこんと乗っている。

よいしょと上体を起こそうとして、全身に広がる疼痛《とうつう》に硬直した。

痛い。どこが、というのではなく、なぜだか全身が痛い。間接とか、筋肉とか。

おまけに、あらぬところも痛かった。

しかも自分は、裸で寝ている。シーツに触《ふ》れる感触は、素肌《すはだ》だった。いったいどうしたことだろう…？

「………なぜだ……？」

ぎしぎしと鳴る体を無理やり起こしてメガネを取り、部屋を見渡してぎょっとした。

吉国が寝ていたベッドのすぐ下に、白柳《しろやなぎ》が綿毛布にくるまって眠っていた。小さなちゃぶ台とベッドの間で、大きな体を丸めている。

「白柳…？　あれ？」

昨夜《ゆうべ》は白柳と居酒屋で食事をしたことは覚えている。吉国は酒に強くないのに、つい機嫌よく飲んでしまい、酔《よ》った。

そのあと、どうやら白柳の部屋に連れてこられたようだ。ベッドは一般的なシングルサイズだから、きっと家主《やぬし》の白柳が吉国にベッドを譲《ゆず》って自身は床で寝たのだろう。

「……でも、裸？」

白柳の剝《む》き出《だ》しの肩にあるひっかき傷が目に入り、昨夜の出来事が走馬灯のように頭の中を駆《か》け巡《めぐ》った。

「そうだ、私は、こいつと……」

思い出した。白柳はゲイだと告白し、吉国をタイプだと言ったのだ。そして、流されるままにセックス――。

吉国はショックのあまり、しばし愕然《がくぜん》と白柳の寝顔を見つめた。

「なんてことだ……」

いままで酒で失敗したことなどなかった。自制して正体を失くすほど酔うことはなかったからだ。それなのになぜ、昨夜に限って飲みすぎたのか。

素面《しらふ》だったら、白柳とこんなことにはならなかった。吉国は自分をゲイだと思ったことなどない。間違っても白柳と寝たいと思わなかっただろう。

体が目覚めてきたら、尻《しり》の痛みがはっきりしてきた。ずきずきと鈍痛《どんつう》を発している部分は、考えたくないが白柳のイチモツを受け入れたところだ。

動揺《どうよう》している吉国の目に、壁の時計が入った。午前八時。

「まずい、会社だ」

ここがどこだかわからないが、白柳の勤務先がある新宿《しんじゅく》の通勤圏内《つうきんけんない》であることは間違いないだろう。

吉国は眠りこけている白柳を放置したまま、痛みをこらえながらベッドを降《お》りて服を着た。

さいわいなことに白柳がスーツをきちんとハンガーにかけてくれていたので、皺《しわ》になっていない。あとは会社の更衣室でネクタイを替えればいいだろう。

白柳はノンキな寝顔をさらして眠っている。どうしてこの男に体を許してしまったのか我ながら謎だ。昨夜の記憶を失くしたわけではないから、吉国はセックスにいたった経緯《けいい》を覚えている。

あれは強姦《ごうかん》ではなかった。白柳は我慢しようとしていた。そこを煽《あお》ったのは吉国だ。だからといって、これを機に新たな世界へ、とは思えない。吉国はゲイではない。二度と男に抱かれるのはゴメンだ。

白柳自身やゲイに嫌悪や憎悪を覚えたわけではない。昨夜を回想してみても、特に嫌悪感はなかった。

ただ、意外な快感が体中に記憶されている。未知の世界の味にはまってしまうのは恐ろしい。できればこれっきりにしてもらいたかった。

かといって白柳と縁を切るのは嫌だ。

正真正銘ゲイらしい白柳とは、セックス抜きの付き合いをしていくことは不可能なのだろうか。いい友達になれそうなのに。

吉国はスーツのポケットから手帳を取り出し、白紙ページを切り取った。

『昨夜は酔っていた。忘れてほしい。すまなかった。できればこれからは良い友達として付き合っていきたい』

それだけを書いて、ちゃぶ台の上に置く。果たして白柳はわかってくれるだろうか。わかってくれないと困《こま》る。

白柳を起こさないようにそっと部屋を出て行こうとしたが、ふと思いついてベッドに引き返した。枕元の目覚まし時計を取り、十分後に合わせる。

白柳も会社があるだろう。このままだと寝坊してしまいそうだ。吉国が出て行ってからしばらくたって鳴るようにセットする。

「じゃあ……えーと…」

また、と言うのも変だし、さよならと言うのも終わりのようでおかしい。白柳の寝顔を前にして言葉が出てこず、結局、なにも言えないままに、六畳《じょう》間を出た。となりは四畳半ほどのキッチンで、二人掛けのダイニングテーブルが置かれている。白柳はまめに自炊をするのか、キッチンは日常的に使われている様子がうかがえ、きれいに片付けられていた。

玄関を出ると、五階建ての鉄筋賃貸アパートの一室だというのがわかる。エレベーターで一階まで降りた。そして目の前の通りを急ぎ足で歩いていくスーツ姿の男やOLらしき女のあとをついていった。きっと駅に向かっているだろう。

「さて、今日の予定はどうだったかな…」

昨日は定時で出てきてしまったので、おそらく課長印が必要な書類がたまっているだろう。それらに急いで目を通し、営業部の会議に出て――。

仕事の段取りを考えているうちに東横線《とうよこせん》の駅についた。

「あ、なんだ、ここだったのか。だったら三十分もかからないな。よかった」

吉国の頭の中はすっかり仕事モードに切り替わり、白柳との思いがけない出来事はあっさり過去のものになりつつあった。

吉国は過ぎてしまったことをいつまでもぐちぐちと悩む性格ではなかった。


「やだー、かわいいー」

「ちょっとカッコイイね」

女性社員の声がオフィスの隅《すみ》で聞こえている。勤務時間中に私語か、と吉国が眉間《みけん》に皺を寄せて声のするほうに視線をやると、問題の女性たちは吉国が背中を向けている窓を指差して黄色い声を発している。

もしかして、と振り返った吉国の視界に、満面の笑みを浮かべた白柳がいた。

青い作業着姿で、もちろん、窓ガラスの向こう側に、ブランコに尻を引っ掛けた状態だ。

「あ…」

吉国が思わず指差して立ち上がると、白柳はよりいっそうの笑顔になってひらひらと手を振っている。

「うっ」

記憶に蓋《ふた》をしたはずだが、うっかり開いて昨夜のアレコレが噴出してきそうになる。吉国は顔をこわばらせたが、すぐに全身から力を抜いた。

白柳の笑顔に屈託《くったく》はない。居酒屋で飲みながら喋《しゃべ》っていたときと同じだ。酔った上での過《あやま》ちが起こる前の――。

わかってくれたのか？

置いてきた手紙の内容を理解して、吉国の意思を尊重《そんちょう》してくれるというのだろうか。昨夜の出来事はただの過ちだと、淫《みだ》らなあれこれをすべて忘れてただのお友達になろうという、吉国の望みを受け入れてくれたから、にっこり爽《さわ》やかな笑顔を浮かべているのだろうか。

もし手紙の内容に腹を立てたり呆《あき》れていたりしたら、とてもこんな笑顔は作れないだろう。わかってくれたと解釈していいにちがいない。

ありがとうと感謝の言葉を送りたいが、おたがいに仕事中だ。またそのうちに飲みに誘ってみようと、吉国は思った。

白柳にだけわかるように、吉国はふっとかすかに笑ってみせる。白柳の目が細められ、唇《くちびる》が小さく「またね」と読み取れる動きをした。

そんな白柳の体が左右にすこし揺《ゆ》れていることに気づいたのはすぐだ。昨日は強風のために中断した。もしかして今日も外は風が吹いているのだろうか。

地上三十メートルの場所で風に揺られながら、白柳は慣《な》れた手つきで窓拭《まどふ》きを再開した。

車のワイパーに似たT字型の道具で、窓ガラスに伸ばした洗剤を素早く拭き取っていく動きには無駄がない。さすがプロだと思う。だがちらちらと吉国へ物言いたげな目つきをするのはいただけなかった。気になるじゃないか。

吉国は立ち上がったついでとばかりに、白柳が拭いている窓のブラインドを一気に下まで下ろしてしまった。

「あーん、残念」

女性社員の落胆《らくたん》した声が聞こえたが、そんなものは無視だ。白柳の邪魔が入って途切れていた集中力を気合いで取り戻し、仕事を続行する。

「あっ、またさっきの彼だわ」

一時間ほどして女性社員の声に顔を上げた吉国は、ぎょっとした。

今度はとなりの窓に白柳の姿がある。下層階の窓まで拭いたあと、となりの窓に場所を移して屋上からふたたび降りてきたらしい。

さっき眼前でブラインドを閉められたというのに、白柳は何事もなかったかのようにニコニコと上機嫌な様子だ。まるで、また会えましたねと喜んでいるように思える。楽天的な性格なのだろう。

そうやって微笑《ほほえ》みながらも、白柳はすばらしいテクニックで窓を拭いている。見ていて爽快感《そうかいかん》すらあった。

だが、仕事中に笑顔を振りまくのはいかがなものか。吉国だけでなく、女性社員たちがそわそわと落ち着かない。

吉国はため息をつき、席を立った。

白柳がいる窓のブラインドを下げた。

ブラインドの向こうで白柳がどんな顔をしているのか、吉国にはわからない。まだ笑っているのか、それとも残念そうな表情をしているのか、笑顔のない真剣な顔になったのか。

吉国はついでとばかりに、営業三課の窓という窓すべてにブラインドを下ろして回ったのだった。

「やれやれ…」

午後八時。もっと残業したがる部下を強制的に帰宅させ、吉国は三課の中では最後に会社を出た。

仕事に打ち込むのはいいが、時間内に片付けられない者は無能としか言いようがない。自分の能力をきちんと見極《みきわ》め、相応の仕事量を担当するべきだと、吉国は常《つね》に部下たちに伝えているつもりだ。

なんでもかんでも抱《かか》え込《こ》んで連日残業になるなど言語道断。世界各国と取引をしている商社ではあるが、三課は時差のすくない韓国《かんこく》や台湾《たいわん》、フィリピンなどを担当としている。

「八時で充分だろう」

早く帰りなさいと厳しく命じた吉国に、部下たちは不満そうだった。自宅に仕事を持ち帰った者もいただろう。

「これでまた嫌われたか」

しかたがない。上司という存在はそういうものだろう。いまさら好かれたいとは思っていない。

「さて、帰るか」

ビルの外に出て、星ひとつない真っ暗な都会の空を見上げてため息をつく。

「吉国さん」

駅に向かって歩き出そうとした吉国を、一晩で聞き慣れてしまった声が呼び止めてきた。

「白柳君？」

足を止めて振り返ると、昨日とおなじようなTシャツとジーンズという格好の白柳がいた。

「残業お疲れ様です。思ったより早く出てきてくれて助かりました」

ニコッと笑った白柳に、吉国は驚く。

「私を待っていたのか？　いつから？」

「六時くらいからかな」

二時間も、いつ仕事を終えて出てくるかわからない吉国を待っていたらしい。

なぜそんなことをしたのか…？

あんなことがあった翌日に、二時間も待ち伏せしていた白柳。なんだか嫌な予感がしたが、吉国は訊《たず》ねずにはいられなかった。

「……私に、なにか用事でもあったのか」

「用っていうか、吉国さんに会いたくて」

えへ、と照れたように笑いながら白柳が頭を掻《か》く。吉国は啞然《あぜん》とした。

ちょっと待て――吉国は自問自答する。

自分は確かに白柳の部屋に置き手紙をしてきた。内容は、昨夜の過ちは忘れて、良い友達でいましょう……だったはずだ。

もしかして読まなかったのか？　風で飛んだとか、気づかなかったとか。

「君は、私が置いていった手紙を読まなかったのか？」

「あー、読みましたけど、俺はそんなの気にしないので」

「気にしろっ」

つい怒鳴ってしまい、吉国は歩道のど真ん中で会話をしていることを思い出す。

白柳の腕をむんずと摑《つか》み、ビルの谷間の人気《ひとけ》がないところへ連れて行く。

「いいか、あの手紙に書いたことは私の本心だ。昨夜のことは酔った上での過ち。きれいさっぱり忘れてほしい」

「忘れられませんよ、素敵な一夜でした」

「忘れろっ。あんなこと、いつまでも覚えているべきじゃない」

「どうしてですか。吉国さんはすごくきれいでしたよ。はじめてとは思えないほどいやらしくって、俺、夢中になっちゃいました」

たしかに白柳は夢中になっていた。吉国もだが。

「あんな風に我を忘れたの、俺ははじめてでした」

白柳は嚙《か》みしめるように呟き、しばし沈黙した。

「吉国さん」

キリッと顔を引き締めて、白柳が一歩距離を縮《ちぢ》めてきた。引き込まれてしまいそうな真剣な目だった。

「俺、本気で惚《ほ》れました。付き合ってください」

白柳は真剣だった。まっすぐに、揺らぐことのない真摯《しんし》な瞳を向けられて、吉国はひとつしかない当然の答えを言いあぐねてしまう。

一瞬、断っていいのかどうか、心の片隅で葛藤《かっとう》してしまったのだ。

それでもなんとか、「いやだ」と拒絶の言葉を口にすることができた。

「私はゲイじゃない。君とは付き合えるわけがない」

「大丈夫です」

「なにが大丈夫なんだ」

「ちゃんとセックスできましたから」

自信満々で言い切った白柳に、吉国はカッとなった。

「昨夜のことはもう忘れろと言っただろうっ」

「忘れられません。付き合ってください。絶対、大切にします。俺、好きになったら一筋ですから、全身全霊で吉国さんを愛します」

「断る」

吉国はトンと白柳の胸を押しのけ、ビルの谷間から出た。

「これ以上不毛な話をしていても無駄だ。私は男と付き合う気はまったくない。昨夜のことは酔った上での過ちだった。私は君のことを嫌いではないが、恋愛対象として欠片《かけら》も見ていない。手紙にはっきりと、良い友達でいたいと書いたはずだ」

「俺は、できれば友達ではなく恋人になりたいです」

「私は友達でいい」

窓ガラスごしに見た笑顔は、手紙の内容を承知したというサインではなかったのだ。白柳は吉国にアピールしていたつもりだったのだろう。

「いまさら友達なんて、惨《むご》いですよ。俺に抱かれてあんなに……」

「うわぁ！　言うなっ。あれは私であって私でないようなものだ。酔っていたのはわかっていただろう」

昨夜の痴態《ちたい》を言葉にされ、吉国は慌《あわ》てて遮《さえぎ》った。

「白柳君、いいか、君はまだ若いしルックスがいいからモテるだろう。恋人が欲しいなら、私のような年寄りではなく、もっと若くてイキのいい男を探すといい。私は君より十歳も年上なんだぞ」

吉国の説得口調セリフを、白柳はあろうことかスルッと聞き流した。

「褒《ほ》めてもらってうれしいですけど、俺は吉国さんがいいんです。他の人じゃ意味がない。それに、年上が好きだって言ったの、忘れたんですか」

そういえば確かに年上が好きで、吉国のような人がタイプだと口走っていたような……。

「物好きだな」

呆《あき》れた口調で吉国がそう言うと、白柳は悲しそうな顔になった。

「吉国さんはすごくいい人です。ルックスだっていいし、きちんとした会社の課長さんじゃないですか。どうして自分を卑下《ひげ》するのか、俺にはわかりません。更衣室で下半身を露出するような人だけど、俺は吉国さんのそんなお茶目なところも好きだし……」

「おい、君っ」

吉国は慌てて白柳をまたビルの谷間に連れ戻した。

「更衣室でのことは黙っていると誓約書にサインしてくれただろうがっ。なに血迷って口走っているんだ！」

「ああ、そういえばそうでしたね」

せっかく書かせた誓約書の存在が忘れられていて、吉国は目眩《めまい》がしそうになる。

なぜ会社の更衣室であんな行為に及《およ》んでいたのか説明していなかったなと、吉国はいまになって思い至った。

「あれはただ露出していたわけじゃない。火傷《やけど》していないか見ていただけだ」

「火傷？　どうしてあんなところを？　もしかして、そういうプレイが好きなんですか？」

「ちがーう！　プレイのわけないだろうっ。真っ昼間のオフィスでっ」

興奮し過ぎて疲れてきた。吉国はふらりとビルの壁にもたれかかる。

「大丈夫ですか、吉国さん」

「君が私をこうさせているんだっ」

「セックスの後遺症《こういしょう》ですか？　もしかしてあそこが傷になってます？　俺の、初心者にはデカかったかな?」

「そういうことを責めているわけじゃないっ」

この男とは、なにかが徹底的にズレているにちがいない。昨夜は畑違いの人間と知り合えてうれしかったのだが。

吉国はすっと背筋をただし、深呼吸した。動揺するなんて自分らしくない。みっともない真似《まね》をしてしまった。

ここはひとまず冷静になりたい。時間が欲しかった。友達付き合いがしたいという吉国の気持ちを理解してくれたと勝手に思っていたが、白柳の考えはぜんぜん違っていた。これは出直す必要がある。

「白柳君」

「はいっ」

「十秒だけ目を閉じていてくれないか」

「はいっ」

なにを期待してか、白柳は頬《ほお》を紅潮《こうちょう》させて目を閉じた。そのまま直立不動になった白柳を置いて、吉国はとっとと走り出す。

十秒では駅まで行けない。とはいえ、それ以上長ければ、さすがの白柳でも不審に思うだろう。そう思ってとっさに十秒と口にした。

タイミング良く通りを流れてきたタクシーを拾い、飛び乗った。自宅までの住所を告げる。シートに背をもたれ、ふぅと息をついた。

いまごろ十秒たっただろうか。目を開けた白柳はきっと吉国を探すだろう。騙《だま》したようで悪かったと思うが、会社のすぐそばでいつまでも不毛な会話を続けるのが嫌だった。

これで白柳は吉国に腹を立てるだろうか。ひどい男だと怒って、愛想《あいそ》をつかすだろうか。白柳が本気で怒れば、猪突猛進型《ちょとつもうしんがた》アタックから解放される。だがそれは同時に良い友達候補を失くすということでもあった。

白柳に嫌われる――自分から仕向けておいて、吉国の胸はズキリと痛んだ。

あのまっすぐな目に見つめられるのは悪くなかった。友達でいられたら良かったのに。

「――仕方がない……」

吉国は自分に言い聞かせるように呟《つぶや》いた。タクシーの運転手が「なんですか？」と聞いてきたが、吉国は寝たふりをしてなにも言わなかった。

もうあの男に会うことはないだろうと吉国《よしくに》は思っていたが、全然そんなことはなかった。

「なぜだ…」

翌朝八時半、出社してきた吉国は、一階のエレベーターホールで青い作業服の集団にばったり出くわしてしまった。

五人ほどいるだろうか。みな白いヘルメットをかぶり、ナイロンザイルの束《たば》を肩からかけ、両手にバケツや窓拭《まどふ》き道具を持っている。その中に、当然、白柳《しろやなぎ》もいた。

「お仕事大変ですねー」

吉国がホールに行ったとき、すでに白柳たちは見知らぬ女性たちにつかまっていた。

女性たちは五階上のIT関連の会社だろうか、と吉国は予想する。急成長中の会社は社長をはじめ幹部が若く、女性社員がみな美人ばかりそろえられていると評判だ。

五人の清掃員の中で断トツに背が高くルックスがいい白柳が標的らしく、彼女たちに質問を受けている。

「あのー、年齢を聞いてもいいですか？」

作業服の左胸には名札がついているので、すでに名前はチェック済みなのだろう、年齢からリサーチらしい。

本人の告白が真実ならば、白柳はゲイだ。投げやりっぽい薄い笑みで女性たちを見下ろしている。

「二十五です」

「そーなんだー、私といっしょー」

「お仕事、怖くないんですか？」

「いや、怖いですけど、慣《な》れました」

「あのー、今日とか、お仕事は何時に終わりますかー？」

あからさまなお誘いに、白柳は首を傾《かし》げて気のない返事を口にする。

「わかりません。今日のノルマが終わっても、直帰じゃなくて一旦帰社するので」

「えぇー、そうなんですかー。残念ー」

吉国は歩を進めながら、語尾をやたらと伸ばすなと活を入れたくなってくる。他社の社員なのでそんなことはしないが。

ホールには六機のエレベーターがある。

吉国がにぎやかなその集団を避《さ》けるために背中を向けようとしたら、白柳と目があった。

ふっと一瞬だけ、白柳は微笑《ほほえ》んだ。

吉国はびっくりしてしばし立ち尽くしてしまう。微笑まれるとは思ってもいなかった。睨《にら》みつけられることなら予想していたが。

昨夜《ゆうべ》、あんな方法で逃げた吉国を、白柳は怒っていないのだろうか。

白柳はすぐに吉国から視線をそらし、女性たちではなくエレベーターの表示ランプを見上げる。

「君たちムダだよ。こいつはな、カタブツだから」

青い作業服のだれかが女性たちに苦笑しながら言った。それに別の仲間が同調する。

「そうそう、こいつは仕事にしか興味がないっていう変なヤツなんだ」

「窓拭きやらせたら日本一なんだけど」

「えー？　日本一ですかー？」

「窓拭き選手権の優勝経験者なんだぜ」

「なにそれー？　そんなのあるんですかぁ？」

「あるんだよ」

「あたしテレビのニュースでちらっと見たことがあるかも。すごいですね、優勝なんて」

そんな話は初耳だった。窓拭き選手権？　そんなものがあるのか。はじめて聞いた。しかも白柳は優勝したことがあるという。同僚《どうりょう》が自慢げに語るくらいだから、業界では権威のある選手権なのかもしれない。

思わず唖然《あぜん》と白柳を眺《なが》めてしまった吉国の前で、青い作業服の集団と女性たちは、わらわらと到着したエレベーターに乗り込んでいく。

「課長、乗らないんですか？」

いつのまに横に来ていたのか、三課の部下が別のエレベーターの中から手招《てまね》きしている。

「あ、ああ、すまない。乗るよ」

吉国は我に返り、慌ててそのエレベーターに乗り込んだ。はす向かいのエレベーターの扉が静かに閉まる。青い作業着がすこしずつ見えなくなっていき、ほぼ同時に吉国が乗るエレベーターの扉も閉まった。

窓拭き選手権の優勝経験者――。謙虚《けんきょ》なのはいいが、そのくらいの経歴は話してくれてもよかったのではないだろうか。

教えてくれなかったことを、すこしばかり腹立たしく思う吉国だった。

考えれば考えるほど苛立《いらだ》ってしまい、昨夜同様、ビルの外で待ち伏せていた白柳の笑顔を見た瞬間、吉国は嫌味を言ってしまった。

「おや、優勝経験者がこんなところで待ち伏せか。私なんかにかまっていると、同僚たちの信頼を失くすぞ」

「吉国さん？」

ぷい、と横を向きながら吉国はスタスタと歩き出す。白柳は長い足で後をついてきた。

「なんのことですか？」

「窓拭き選手権とやらの優勝者なんだろう。今朝、エレベーターの前でそんな話をしていたじゃないか。私は聞いていない。初耳だった」

「話すほどのことじゃないと思っていたからです」

「でも君の同僚たちは自慢げだった。権威のある大会なんだろう」

「権威があるかどうかはわかりませんが、歴史はあります。二年おきに開催して今年で十五回目ですから」

結構な歴史ではないか。

「一昨年《おととし》はたまたま調子が良かっただけです。俺なんかよりずっとテクがあるベテランはたくさんいますから」

「運も実力のうちという言葉を知らないのか」

言い放ってから、はたと気づいて吉国は足を止めた。同じように白柳も歩道の真ん中で立ち止まる。

「白柳君、昨夜のことを怒っていないのか？」

いま、なにもなかったことのように会話をしていた。騙《だま》して置き去りにしたのに。

白柳は苦笑して「怒っていません」と首を横に振る。

「怒っているから、今朝は私を無視したんじゃないのか」

「今朝はやむなく他人のふりをしただけです。だってあんなところで吉国さんに親しく話しかけるわけにはいかないでしょう？」

聞き流してしまいそうだったが、吉国は訂正を入れた。

「私と君は他人だ」

「ああ、まぁ、他人ですね。深い関係を持ったことのある他人です」

「深い関係は過《あやま》ちだったと言っただろう。忘れろ」

「俺にとっては過ちじゃなかったので忘れられません」

「私は君と友達付き合いがしたいのだ。忘れてくれなければできないだろう」

「無茶を言いますね」

ふっと一瞬だけ白柳は表情を消した。

その傷ついたような顔に、吉国の良心はズキリと痛む。

「私は無茶を言っているか？」

「そうですね」

白柳は吉国を好きだと言っている。そういう意味で付き合いたいとはっきり意思表示した。それなのに吉国はきっぱり拒絶せずに、良いお友達でいましょうとどこかの間抜けな女のような都合のいいことを言った。

よくよく考えれば無茶……なのだろう。

「すまない。私は君の気持ちには応《こた》えられない。同性を恋愛対象にすることなど考えたことがないのだ。でも君のことは嫌いではないから、友達になりたいと思った」

「残念ですけど、いまのところその無茶な要求を呑《の》むしかないみたいですね」

白柳はため息をつく。しばし俯《うつむ》いて黙り込み、顔を上げたときは諦《あきら》めを湛《たた》えた力のない笑顔になっていた。

「わかりました。友達OKです。嫌悪感を持たれて顔も見たくないって言われるより百倍マシですから…。待ちますよ。俺、けっこう気が長いほうなんで」

「君は爽《さわ》やかな見かけによらず、しつこいな。望みはないと言っているのに」

「よく言われます」

褒めたわけではないのに、白柳はうれしそうに笑った。

「吉国さん、昨日の朝、起きたらあなたがいなくてとても悲しかったです」

悲しかった――。そう言われて、もともと善良な小市民である吉国は、申し訳なく思ってしまう。

「わ、悪かった…。黙って出て行ったのは卑怯《ひきょう》だったと、反省している。すごく反省しているから、一昨日《おととい》の夜にまつわるアレコレはもう話題にしないでもらえるか」

白柳と友達付き合いをしていくなら忘れたい過ちだし、白柳の気持ちを踏みにじった身勝手さに苦しい気持ちになる。

「罪悪感があるなら、俺と無理に友達付き合いなんかしなくてもいいんですよ」

「いや、それは別だ。さっきも言ったが、私は君を嫌いじゃない。だからこそ軽率だった自分を恥じている。本当に悪かった」

「吉国さん……」

白柳はあたたかなまなざしで吉国を見下ろしてくる。

「吉国さんって、やっぱり優しい人ですね」

「優しい？　この私が？」

白柳はびっくりする言葉をくれる。吉国を面白い人だとか、優しい人だとか。

「私を優しいと言ったのは、おそらく君が初だぞ」

「ええ？　どうしてですか？　俺のことをすごく気遣《きづか》ってくれているじゃないですか」

「私は会社では嫌われている」

「まさか。絶対にそんなことはないですよ」

「いや、そうなんだ。口煩《くちうるさ》いし、厳しいし、職場ではほとんど笑わないから鉄仮面なんて呼ぶ者もいるくらいだ」

「鉄仮面はひどいな。吉国さんはこんなに表情豊かなのに……」

憂《うれ》い顔で白柳にじっと見つめられ、吉国はついうっかり頬《ほお》が熱くなりそうになった。そんな目を向けられると、一昨日の夜の記憶が蘇《よみがえ》ってくる。

白柳のたくましい腕に抱きしめられ、力強く腰を突き上げられた痛みと快感。吉国は我を忘れて声をあげ、白柳の腰に足をからみつけ、何度もキスをねだった。

記憶よ消え去れと叫びたくなる衝動を必死になって抑《おさ》えつけながら、吉国は視線をそむけた。

そのとき、白柳の腹がぐぅ～と鳴った。

「あ、すみません。聞こえましたか？」

「聞こえた。なんだ、夕食はまだなのか」

吉国は腕時計で時間を確認する。もう午後九時近い。

「なにか食べさせてやる。ついてこい」

「えっ？　いいんですか？」

「友達だから」

ことさら友達を強調し、吉国は背中を向けて歩き出す。

「いいから来い」

「はいっ」

しっぽがあれば盛大に振っていただろう。そんな勢いで、白柳はうれしそうに返事をした。


またもや酔《よ》ってしまった。

「シロ、これだけは言っておく」

「はい、なんでしょう？」

「私はいつもいつもこんなふうになるわけじゃらいっ」

白柳に肩を支えられてやっと立っている吉国は、右腕を天に突き上げながら主張した。場所が人通りの多い新橋《しんばし》の駅前であるということを忘れて。

「おまえといっしょだと、どうしてか飲みすぎる。なぜら？　なぜシロといっしょだと酒はうまいんら？」

「吉国さん、またそういう、俺を喜ばせるようなことを言わないでくださいよ」

「喜ばせようと思って言っているわけやらいぞ」

呂律《ろれつ》が回らない。喋《しゃべ》りにくくてたまらなかった。

「シロ、シロシロ、つぎはどこら？　どこに飲みに行くら？」

「もう帰りましょう。吉国さんの家まで送っていきますから」

「私の家？　今夜はシロの部屋じゃないのら？」

「俺の部屋に行って、うっかりこのあいだみたいな間違いが起こったらいけないから、二度と行かないってあなたが宣言したんです」

「う〜〜〜ん？」

「酔っ払う前にあなたが自宅の住所を教えてくれたんですよ。タクシーで送っていきます。あなたの部屋まで行っても、俺は中には入りませんから」

「えぇ〜まだ帰りたくらい〜」

「だだこねないでください。明日も仕事でしょう？」

「いやら〜いやら〜、まだシロと遊ぶのら〜」

「あぁもう、かわいすぎ……。吉国さんって、マジで酔い方の性質《たち》悪いっすね。だから飲ませたくなかったのに…」

白柳がため息をついたが、酔っている吉国には意味がよくわからない。ただこの楽しい時間を終わりにさせたくないだけだ。

白柳との時間は心地いい。職場で気を抜けない吉国にとって、仕事抜きで話ができる白柳は気が楽だった。それに白柳とは波長が合うのか、気難しい吉国を苛立《いらだ》たせることがまったくない。

できればずっといっしょにいたいくらいだと、アルコールに支配された脳味噌《のうみそ》で吉国は切に願う。

「シロ、シーロ、おまえの部屋に連れて行け」

「だめです。ホントに連れて行ったら翌朝青くなるくせに」

「連れて行けーっ」

肩を支えられた不自然な体勢のまま吉国はじたばたと全身を揺《ゆ》らして足踏みをした。

「あっ」

カシャーン——……吉国の声のあと、タイムラグがあって金属音が夜空に響いた。うっかり自分の手をメガネにひっかけ、飛ばしてしまったのだ。

いきなり視界が悪くなり、吉国は白柳にしがみつく。

「メ、メガネが……」

「俺が拾ってきます。ここで待っててください。動かないで」

歩道の脇に立たされ、吉国はぼやけた視界の中で動く白柳のシルエットを追う。動くなと言われたら動いてはだめなのだろう。吉国はひとりで心細いと感じながらも、その場から微動だにせず待っていた。

白柳はすぐに戻ってきた。

「吉国さん、スペアのメガネって持ってます？　これ、フレームが折れてしまっています」

「え？　折れた？」

差し出されたメガネは、確かに真ん中でぽっきり折れていた。これでは使えない。驚いて少し酔いが醒《さ》めた。

「スペアは……十年も前に使っていたものなら家にあるが、もう度が合わないんじゃないかな……」

「メガネがないと困りますよね」

「――困る、と思う」

「じゃあ、いまからメガネ屋に行きましょう」

当然のように言われて、吉国はぎょっとした。

「いまから？　こんな時間に開いているところがあるのか？」

「遅くまで営業している店を知っています」

「メガネを作るのは時間がかかるものだぞ」

「折れたのはフレームだけです。フレームが衝撃を吸収して折れてくれたおかげだったのかもしれませんけど、レンズは無事ですから、新しいフレームにはめなおすことができれば、すぐにできるかもしれませんよ」

「あ、え、そう、なのか？」

ぐいっと白柳が吉国の手を引いた。まだ同意していないのに、白柳はさっさと道を急ぎ始める。

ぼやけた視界に、白柳の頼りがいがありそうなたくましい背中だけがくっきりと浮かび上がっていた。

吉国は主導権を握《にぎ》られるのはキライだ。いつも自分で考えて自分で決めて、そして率先してみんなを引っ張っていくのが常《つね》だった。他人の言いなりになるのは嫌だった。

それなのにいま、なにも言わずに引っ張られている。それが不愉快《ふゆかい》ではない。

吉国のために一生懸命になっている白柳の後ろ姿に、なんだかくすぐったいものを感じた。

含み笑いが漏《も》れてしまう。

なぜだろう。うれしい。

「どうかしましたか？」

ふりかえった白柳は、笑顔の吉国を見て首を傾《かし》げた。

「いや、なんでもない。メガネ屋はまだか？」

「もうちょっと先です。あ、もしかしてメガネなしで歩きづらいですか？　だったらタクシーでも…」

「いや、大丈夫だ。君が手を引いていってくれるなら、このまま歩いていこう」

「………わかりました」

白柳が照れたように笑った。ぐっと手が握りなおされる。痛いくらいに力がこめられていたが、吉国はなにも言わなかった。


「課長、メガネを替えたんですか？」

「ん………まぁ」

吉国《よしくに》は慣《な》れないデザインのメガネをちょいと指で持ち上げ、横を向く。

本日何度目のセリフだろう。出社時から幾度《いくど》となく同じ言葉をかけられている。鬱陶《うっとう》しいことこのうえない。

今朝、自分のベッドできちんと目が覚めた吉国は、枕元に見慣れないメガネが置いてあることに気づいた。

これはいったいどうしたことだ…？

いつもの黒縁《くろぶち》メガネが見当たらない。

しばらく考えて、昨夜《ゆうべ》のことを思い出した。白柳《しろやなぎ》と飲んだあと、道端でメガネを落としたことを。

あのあと深夜まで営業しているというメガネ屋へ行き、今のレンズを流用することができるフレームを探して、その場で使えるようにしてもらったのだ。

「でもこれは……」

新しいメガネを手に取り、吉国はベッドの上でしばし茫然《ぼうぜん》とした。

フレームを選んだのは白柳と店員だったような気がする。やたらと「似合う」と褒《ほ》められ、その気になって購入を決めた。

昨夜は酔《よ》っていた。はっきりと酔っていた。そうでなければメガネを飛ばさなかっただろうし、こんなしゃれたデザインのフレームを選ばなかっただろう。

「これを使うしかないのか……」

手の中のメガネを見下ろし、吉国はたっぷり十分間は悩んだ。

いいかげんにタイムリミットだとベッドを出たが、洗面所の鏡で新しいメガネをかけた自分の顔を見て会社へ行きたくなくなった。

すっきりとしたメタルフレームのメガネになり、顔のつくりがよく見えるようになってしまった。五歳ほど若返ったようにも見える。

「これは……似合っているのか？」

よくわからない。ずっと黒縁のメガネだったから、ちがう顔を見慣れない。吉国は黒縁メガネで老舗《しにせ》商社の管理職としての重厚さを表しているつもりだった。

このメガネでは軽さしか訴えるものがないような気がする。

会社で絶対になにか言われるだろう。

部下たちには笑われ、上司には眉《まゆ》をひそめられるにちがいない。

雨野《あまの》商事の課長らしくないと注意されたら、すぐにでも最寄《もよ》りのメガネ屋に駆け込もう。予想外の出費が続くがしかたがない。昨夜、酔っ払わなければよかったのだ……。

憂鬱《ゆううつ》になりながらも吉国はいつもどおりの時間に出社した。

そして午前中いっぱい、数え切れないほどの上司、同期、部下たちに同じセリフを投げられた。「替えたのか？」と。そこにつづく言葉は吉国にとって意外だった。

「いいな、それ。よく似合っているぞ」

言われたとき、吉国はたぶんきょとんとしていただろう。

「どうしたんだ、そのメガネ。前の黒縁よりずっといい」

「以前からあの黒縁はよくないと思っていたんだ。替えて正解」

吉国のことを煙《けむ》たがっているはずの同期にもそう言われて耳を疑った。

「課長って、けっこうイケメンだったんですね」

こそっと女性社員からそう言われもした。おおむね好評であることに、吉国は驚いた。

直接の上司である営業部長からは、からかいまじりで「いい人でもできたのかい?」と肩を叩《たた》かれた。この場合のいい人とは、恋人という意味だろう。

「メガネを替えただけで、こうも印象が変わるものなのかと感心しているよ。明るくて柔らかな雰囲気になった。選んでくれたその人に感謝しなさい」

なにも知りはしないはずの部長は、うんうんと頷《うなず》きながら通り過ぎていった。

明るくて柔らか——。

トイレの鏡であらためて自分の顔を眺《なが》めてみる。たしかにそう言われればそうかもしれない。

メガネごときで職場での評価は変わらないと思っていたが、そうでもなかったようだ。外見で周囲に媚《こび》を売るつもりはないと、頑《かたく》なにスタイルを変えなかった吉国だが、こうまで褒められると自分の考えはすこし間違っていたのではと認めざるを得ない。

『選んでくれたその人に感謝しなさい』

部長の言葉が耳から離れない。

吉国の脳裏《のうり》には白柳の笑顔が浮かんでいた。店頭でやたらとこのフレームを勧《すす》めてきた白柳を覚えている。

「感謝、か」

たしかに白柳がいなかったら、以前とおなじような黒縁メガネを買っていただろう。そして会社でこんなふうに色々な人に良い意味で声をかけられることもなかった。

ふと、なぜ白柳はまったくちがうデザインのメガネを勧めたのだろうと疑問が湧《わ》いた。

もしかして白柳は吉国の黒縁メガネが嫌いだったのだろうか。それでメガネが壊《こわ》れたのを幸いにと、半《なか》ば強引にメガネ屋へ連れて行き、自分好みのフレームを選んだのかもしれない。

素直に感謝したいが、それなりに愛着のあった黒縁メガネが嫌われていたと思うと、気持ちが下降線《かこうせん》をたどってしまう。

『俺は吉国さんがいいんです。他の人じゃ意味がない』

過《あやま》ちがあった日の翌日、白柳は吉国にそう言った。あのときからメガネを替えたいと思っていたのだろうか。いや、白柳はメガネにこだわるような人間じゃないと思う。

「………気になる」

トイレの洗面台で手を洗い、ため息をつきながらハンカチで拭《ふ》いた。

それに、壊れた黒縁はどこへ行ったのだろうか。メガネ屋でレンズを外《はず》したわけだから、そこで処分を頼んだのか？

どうしたのか思い出せない。愛着があったから手元に置きたいわけではないが、行方《ゆくえ》が知れないというのは落ち着かない。

白柳は知っているだろうか。

気になるなら調べればいい。仕事に関してならいつもそうしていた。

壊れた黒縁の行方と、その黒縁を白柳は嫌っていたのか――？

白柳にこの疑問をぶつけてみればいいのだろうか。


屋上に現れた吉国に、白柳は目を丸くしていた。

「ちょっと聞きたいことがある」

「はい」

ヘルメットをかぶっているせいか、白柳はいつもより背が高く見える。ただでさえ長身なのに。

「君は私の以前のメガネをどう思って――」

「おーい、シロ、なにやってんだ！」

吉国につかまって話しかけられていた白柳に、年配の作業員から注意が飛ぶ。

「さっさと片付けろ」

「はい、すみません」

彼らは道具の片付け作業中だった。

「もう仕事は終わりなのか？　昼休みの時間かなと思って上がってきたのだが」

「ええ、風が強くなってきたので今日はもう終わりです。海が近いと風は強いです。しかたがありません」

たしかに風が吹いている。ムースで後ろにかるく流しただけの吉国の髪は、さっきから風に煽《あお》られてぐちゃぐちゃになっていた。

「吉国さん、髪が乱れてしまっていますよ。大丈夫ですか」

「わかっている。このくらいすぐ直せるからいい。今日はもう外回りの予定はないし」

「そんな頭をしていると、吉国さんの寝顔を思い出します」

いつの寝顔なのかすぐに思い至り、吉国はサッと頰《ほお》を赤らめた。

「そんなもの思い出すな」

慌てて風に翻弄《ほんろう》されている髪を両手で抑《おさ》えつける。

「思い出すな、忘れろといくら言われても、無理ですよ。でも心配しないでください。とりあえず友達から、ってことはわかってますから」

「それはちょっと違うぞ。友達から、なのではなくて、友達なんだ」

「そうですね」

白柳は笑顔で喋《しゃべ》りながら片付けの手を動かしていた。ナイロンザイルをまとめ、スクイジーと呼ぶらしい窓拭きの道具を点検する。忙しそうだ。

あたりまえか。白柳は仕事中だ。吉国が昼休みになったからといって、白柳までそうとは限らない。勢いだけで屋上に来てしまい、白柳の邪魔をしているのかと気づいてしばしどんより落ち込む。

「あの……忙しいところを邪魔して、すまない……」

「いえ、そんなことはいいんです。そのメガネ、似合ってますね」

「あ、ああ」

「会社の人になにか言われました？」

「言われたが、おおむね好評だった」

「それはよかったです」

白柳が安心したように微笑《ほほえ》むので、吉国もつられて笑顔になってしまう。

と、微笑みあっている場合ではない。

そのメガネについて質問があったのだ。

「昼の休憩はないのか？」

「今日はもう中止になったので、俺たち、これから社に戻らないといけないんです。すみません。気持ちとしては、いますぐにでも吉国さんの話を聞きたいんですが、仕事が終わってからの夜でもいいですか？」

「も、もちろん、それはかまわない。たいした話じゃないし……」

本当にたいした話じゃない。わざわざ夜に時間を作ってもらうほどのことじゃないかもしれない。

「吉国さんは、何時ごろに仕事が終わりそうですか？」

「……いや、やはりまたの機会でいい。急を要する話ではないから。忙しいところをすまなかった」

「俺は今夜がいいです。いますぐにでも聞きたいことがあるから、屋上まで来てくれたんでしょう？」

たしかにメガネのことは白柳の口からはっきりと答えを聞きたい。疑問点をそのままにしておくことは、吉国の性格上許せないのだ。

「どこかでご飯でも食べながら話しましょうよ」

「言っておくが、今夜は飲まないからな」

「わかっています」

白柳の余裕の笑顔に、吉国は苛々《いらいら》してきた。自分ひとりがあたふたしているように思える。

「さっき君に連絡を取ろうと思ったら、携帯番号を聞いていなくて不可能だった。困《こま》るじゃないか」

苛立ちが抑えきれず、つい本人に向けてしまう。

「そうでしたね。じゃあ、いますぐデータを交換しましょう」

白柳は携帯電話を作業服の内側から出した。その場で携帯番号とメールアドレスを交換し、いつでも連絡が取れる状態になった。

「これでいいですか？」

「いい」

白柳に確認されて、吉国は鷹揚《おうよう》に頷いた。連絡先が手に入って、なんだかうれしい。

「じゃあ、仕事が終わり次第メールします。吉国さんも今夜の予定がわかったら知らせてくださいね」

白柳に見送られて屋上から非常階段で最上階まで降りる。三課のオフィスに戻るべくエレベーターのボタンを押したところで、ハッと我に返った。

なにを浮かれているんだ？　友達とデータ交換をしただけにしてはおかしいだろう。

「白柳は友達だ」

まるで自分自身に言い聞かせるように、吉国は呟《つぶや》いた。なぜかため息が漏《も》れる。

吉国は憂鬱な顔で、ぴかぴかに磨《みが》かれた窓ごしに青空を見上げた。

「メガネのことだ」

話はなんですかと白柳が切り出したので、吉国は単刀直入にそう言った。

今夜こそ酔っ払うまいと心に誓い、まだ一滴《いってき》もアルコールを摂取《せっしゅ》していない。にぎやかな居酒屋の中では、ハッピ姿の従業員が両手に重そうなジョッキを掲《かか》げてテーブル席へと運んでいる。

飲みたい。

白柳と向かい合い、じっと見つめられていると落ち着かない。妙な緊張感から喉《のど》が渇《かわ》き、ぜひ冷えたビールで一杯やりたいところだった。

吉国が注文していないので、白柳もまだ酒は口にしていなかった。テーブルにはとりあえず空腹を満たすために注文された品々の皿が、空《から》になって並んでいた。

飲み物はウーロン茶だ。

「メガネのことですか？　そのメガネがなにか不具合でも？」

「いや、これはこれでいい。私が聞きたいのは、以前の黒縁メガネのことだ」

「ああ、壊れたフレームなら、俺が預《あず》かっていますよ。必要なら明日にでも届けますけど」

疑問に思っていたことのひとつが、あっさりと解決した。だがまさか白柳が持っていたとは。

「どうして君が持っているんだ？」

白柳は目を伏せ、照《て》れたように片手で頭を掻《か》く。

「その……長い間吉国さんの顔にかけられていたメガネなわけで、ぜひ譲《ゆず》ってほしいなと思って…勝手に持っていっちゃいました。すみません」

「壊れたメガネなんて、もらっても役に立たないだろう。君は視力が良さそうだし」

変わったことをするヤツだと吉国は首を捻《ひね》る。

「吉国さんのものだから、ほしかったんです。俺が修理して使うために持って帰ったわけじゃありません」

白柳は苦笑した。知り合ってから何度目かに見る、寂《さび》しそうな笑顔だった。

「俺が持っているのは不愉快ですか？」

「いや……そういうわけじゃないが…」

「昨夜は吉国さん酔っていたから、もらってしまってもわからないかなとズルイことを考えました。せめて壊れたメガネくらいはもらえないかなと…」

白柳は両手をテーブルにつき、がばっと頭を下げた。

「すみません。明日、お返しします」

「あ？　いや、返さなくてもいいから」

「どうしてですか？　そのことでわざわざ俺と連絡を取ろうとしたんじゃないんですか？」

「いや、もうひとつ聞きたいことがあって――」

以前の黒縁メガネを嫌っていたのかどうか。

壊れた黒縁の行方を知ってしまったいま、この質問の意味はなくなったような気がする。

持って帰ってしまったほどに、白柳はあのメガネがほしかったのなら、そんなに嫌ってはいなかったのだろう。

「もういい。解決した」

「え？　なにがですか？」

「飲もうか」

きょとんとしている白柳の前で、吉国は店員を呼び止めてジョッキを注文した。

飲みたい。とてもいい気分だから。

疑問が解消されて、胸のつかえがすっと取れたようだ。

「悪酔いしないでくださいよ、吉国さん」

「大丈夫」

心配そうな白柳に見守られながら、吉国はジョッキを傾《かたむ》けてごくごくとビールを飲み干した。

柔らかいもので口を塞《ふさ》がれている。離れては塞ぎ、あたたかな塊《かたまり》が口腔《こうこう》を暴くほどにかき混ぜていく。

官能を刺激するその動きは不快ではないけれど、しだいに苦しくなってきた。

「んっ、ん……っ」

苦しくてもがいたら、口が自由になった。新鮮な空気を胸いっぱいに吸い込み、吉国は目を開く。

鼻が触《ふ》れ合《あ》うほどの距離に、白柳の顔があった。真っ黒の瞳《ひとみ》が一心に吉国を見つめている。

「吉国さん…」

ふたたび口を塞がれる。唇《くちびる》を甘嚙《あまが》みされて腰が震えた。

白柳の頭の向こうには、一度だけだが見たことのある天井《てんじょう》が広がっていた。いつのまに白柳の部屋に来たのだろう。

吉国は白柳の匂《にお》いがするベッドに横たわり、伸し掛かられていた。

「吉国さん、本当にいいの?」

「あっ…」

白柳の手が吉国の股間《こかん》をまさぐってきた。衣服の下で、そこはすでに硬くなっている。とうにネクタイは抜き取られ、ワイシャツはボタンをすべて外されていた。剝《む》き出《だ》しになった胸には、くちづけの跡があった。

「誘ったのはあなたですからね。もう酒のせいにしないでください」

どうやら吉国が誘ったらしい。覚えていないが、とんでもないことをしてしまったという動《どう》揺《よう》は、なぜかなかった。

「吉国さん、俺、マジだから」

「シロ…」

「好きなんだ。あなたみたいな人を、ずっと探していた。離したくない」

熱っぽい囁《ささや》きに、吉国の心は目眩《めまい》がするほど感じた。

「すごく、よくしてあげる」

白柳に残っていた服を脱がされた。最後にメガネを外される。ぼやけた視界の中、白柳が乳首にくちづけてきた。

「あ……」

情熱的な白柳の唇は、吉国の体中にキスの雨を降らせる。狂ったように悶《もだ》えさせられた。

「あっ、あっ、あーっ」

「ここ、気持ちいい？　ねぇ、吉国さん」

「ん、いい、そこ……ああっ」

大きく足を開かされ、後ろをまさぐられる。半ば以上、酔いは醒めていたが、吉国はなすがままだった。

「吉国さん、吉国さん」

必死になってすがってくる大きな体を、突き放すことなんてできない。

「好きです」

「シロ…っ」

二度目だからか、吉国の中でなにか変化があったからなのか、白柳と深く繋《つな》がったとき、痛みはあまり感じなかった。

ただ神経が焼ききれるほどの快楽と、いままで味わったことのない充足感があった。


前夜にどんなことがあっても、体に染《し》みついたサラリーマン根性《こんじょう》のおかげか、出社に間に合う時間に目が覚める。

吉国《よしくに》はパチッと目を開け、布団《ふとん》の中でしばしぼんやりと宙に視線をあてていた。

「おはようございます」

真横から声をかけられて、吉国はぎょっと振り向いた。白柳《しろやなぎ》がすでに起きて、ベッドの脇で新聞を読んでいた。

「朝ご飯を食べますか？」

白柳がいつもの笑顔を向けてくる。びっくりした表情のまま硬直している吉国に、ふっと苦笑いをしてみせた。

「ご飯と味噌汁《みそしる》と卵焼《たまごや》き。簡単なものだけですけど、用意してあります。まだ時間は大丈夫ですよね」

新聞を畳《たた》みながら白柳は立ち上がった。

キッチンへと歩いていった後ろ姿を、吉国は茫然《ぼうぜん》と見送るしかない。

とりあえず枕元に置いてあったメガネをかける。クリアになった視界には、まごうかたなき白柳の部屋が……。

尻《しり》の奥には異物感が残っている。間違いなく、ナニかがあった。でも、もしかしたら夢かもしれない――いや、昨夜《ゆうべ》のことは鮮明に覚えている。

白柳の愛の言葉と心のこもった愛撫《あいぶ》、体の奥深くで脈動《みゃくどう》した灼熱《しゃくねつ》の塊《かたまり》、吉国は何度も絶頂を極《きわ》めた。

事後、ぐったり疲労した汚れた体を、白柳は丁寧に拭《ふ》いてくれ、パジャマを着せてくれたのだ。かまってもらえて、吉国は幸福だった。

「先に着替えます？　吉国さんのスーツはそこにかけてありますけど。ワイシャツは俺のものでよければ……」

「いや、いらない。昨日のシャツをそのまま着ていくからいい」

断った口調は、思いがけなく強くなってしまった。しまった、と後悔しても遅い。しんと沈黙が落ちた。

キッチンから白柳が戻ってくる。

「吉国さん？」

怪訝《けげん》そうな白柳の声。吉国は顔を見ることができなくて、俯《うつむ》いた。

まずい。非常にまずい。これで二回目だ。昨夜はまた酔《よ》っていた。でも初めての日ほどには酔っていなかったし、途中からはほとんど醒《さ》めていた。

それなのに抵抗せず、されるがままだったのは、心のどこかで抱かれてもいいと思っていたのではないか。

わからない。わかりたくない。

白柳とこんなことになるまで、吉国は自分の性癖《せいへき》を疑ったことなどなかったのだ。人生の方針を転換するには、いきなりすぎる。吉国には無理だった。

「すまない、白柳君」

完全にうろたえていた吉国は、白柳の顔を見る勇気がなく、俯いたままがばっと頭を下げた。

「もう一度、忘れてくれ。なかったことにしてくれ。悪かった」

自分の勝手な態度に目眩《めまい》がする。

「また酒のせいですか」

感情を無理に抑《おさ》えたような、乾いた白柳の声が耳に痛い。

「また過《あやま》ちですか」

「すまない」

それしか言えない。

「泊めてくれて、ありがとう。迷惑をかけた。帰るよ」

吉国はごそごそとベッドから降《お》り、皺《しわ》くちゃのワイシャツとハンガーにかけておいてくれたスーツを着た。ワイシャツとネクタイはあとで会社の更衣室にあるものに替えればいい。

「吉国さん」

慌《あわ》ただしく玄関へ向かった吉国を、白柳は追ってきた。

「待ってください、吉国さん」

背後から腕を摑《つか》まれ、吉国はとっさに激しく叩《たた》き落《お》とした。

「触《さわ》らないでくれ！」

自分のしたことにギョッとして白柳を振り向けば、剝《そ》ぎ落《お》としたように表情がなくなっている。健康的な浅黒い肌《はだ》が、青ざめて見えた。

そんな顔をさせてしまったのは自分だ。

どっと罪悪感が押し寄せ、申し訳なさに涙が滲《にじ》みそうだった。

居たたまれない。白柳の視線が痛い。

とにかく一刻も早くこの場から立ち去りたくて、吉国は慌てて靴を履《は》く。そのまま逃げるように玄関を飛び出した。

吉国《よしくに》は仕事に逃げた。

なにも考えたくなかったから、とにかく生活のすべてを仕事で埋《う》めた。

部下のだれよりも早く出社し、夜遅くまで残業した。残業なんて時間のやりくりが下手《へた》な者がすることだと豪語していた吉国である。その豹変《ひょうへん》ぶりに、だれもが驚いているようだったが、一切を無視した。

仕事漬《づ》けの日々を過ごし、ふと我に返ると、あの二度目の朝から一週間ほどたっていた。白柳《しろやなぎ》からはなんの連絡もない。

強風で中断されながらも窓拭《まどふ》き作業は続いており、ビルの内外で青い作業服をちらちらと見かける。

白柳の姿を見たくなくて吉国は視線を向けないようにしていたが、よくよく記憶を探ってみたら、彼らしき人物は来ていないようだった。

ビルメンテナンス会社の者たちがみんなおなじ作業服を着ていても、白柳のスタイルの良さは際立《きわだ》っていたし、遠くからでも声が聞こえたら、吉国はわかる自信があった。

もしかして、ここに来ていない――？

窓拭きという仕事に誇《ほこ》りを持っている彼だが、吉国に会いたくないがために、派遣先《はけんさき》を変更したのだろうか。公私混同をするとは思えないが、吉国のいるビルへ来るチームから外《はず》れたならば、その可能性はある。

男として、まっとうな社会人として、公私混同は許せない。

吉国はいきなりムカムカしてきて、席を立った。

「課長、どこへ？」

「屋上」

「目を通してもらいたい書類があるんですけど」

「すぐ戻る」

「課長っ」

吉国は引き止める部下の手をふりきり、急いでエレベーターに乗った。突如《とつじょ》として怒りに支配された吉国には、自分の行動が不自然であることなどわからない。

働きすぎて疲れが溜《た》まっていることも冷静さを失った一因かもしれなかったが、これまた自覚していなかった。

「君たち」

屋上にいた青い作業服姿の男数人に、吉国は声をかけた。ちょうど休憩時間なのか、給水タンクの陰《かげ》に座り込み、お茶を飲んでいる。

白いヘルメットの下から、何事かと作業員たちが目を向けてきた。その中にやはり白柳はいなかった。

「あんた、だれだい？」

年配の男に訊《たず》ねられ、吉国は胸をはって答えた。

「雨野《あまの》商事のものだ」

「それで、なにか？」

「白柳君は、最近このビルに来ていないのか？」

「あんた、シロの知り合いか？」

「そうだ」

恋人かと聞かれたら返答に困るが、知り合いであることは確かだ。

「シロはここんとこ、ずっと練習で現場に出てきてないな」

「練習？　なんの？」

「シロに聞いていないのか？　窓拭き大会があるんだ。いつだったたっけ…」

「明日ですよ」

別の若い作業員が教えてくれた。

「窓拭き大会というのは、彼が優勝したことがあるという大会のことか？」

年配の男が頷《うなず》く。

「会社の代表としてエントリーしてるから、社長が現場には出なくていいって、あいつだけ会社内でずっと練習してんだよ」

「教えてくれてありがとう」

吉国は慌《あわ》てて踵《きびす》を返し、屋上から降《お》りた。やはり白柳は白柳だった。公私混同をして吉国を避《さ》けるためにこのビルに来ていないわけではなかったのだ。

三課のオフィスに駆《か》け戻《もど》ってきた吉国を、部下たちが目を丸くして見ていたが気にせず、自分の席に戻り、パソコンのマウスに手を置く。

待っていたらしいさっきの部下が、駆け寄ってきた。

「課長。戻ってきてくれたんですね。この書類なんですけど……」

「そこに置いてくれ。あとで見る」

いまはそれどころではない。

吉国は真剣に画面を睨《にら》み、窓拭き大会とやらの情報を探した。

「……あった……」

窓拭き大会——正式には窓ガラスクリーニング選手権。明日は関東大会が行われるらしい。六位までに入賞すれば全国大会に進める。

大会のホームページには、競技内容が細かく記《しる》されていた。規定の大きさのガラスをできるだけ素早くスクイジーで磨《みが》き、タイムを競《きそ》うらしい。さらに審査員が完成度を見て、いかに美しく磨かれているかチェックし、拭き残しは秒に換算され、タイムにプラスされる。速さと完成度。ふたつの要素がポイントのようだ。

出場者には所属する会社の名前もついてくるので、会社代表のような形になるのだろう。さっき教えてもらった通りだ。

前回の大会は二年前に開催され、全国大会優勝者に、白柳の名前があった。

あまり鮮明ではない写真の中で、白柳はいつもの青い作業服姿のまま大会関係者から優勝の盾《たて》を受け取っていた。大会はじまって以来、最年少の優勝者と大きく書かれている。

大会内容をクリックすると、前回大会の様子が写真で紹介されていた。胸にゼッケンをつけた白柳が、真剣な顔で設置されたガラスを拭いている。

おなじように競技に参加しているのは、白柳より経験が豊富そうな年齢の男ばかりだ。さらに年配の審査員たちが、競技者の真正面に難しい表情をしてずらりと並んでいる。

二年前なら白柳はまだ二十三歳だ。さぞかしプレッシャーがすごかっただろう。

写真だけでも緊張感が伝わってきた。

なんだか心臓がドキドキしてきて、吉国はスーツの上から胸を押さえた。

「課長、どうしたんですか？　具合でも悪くなったんですか？」

焦《あせ》った口調で部下が顔を覗《のぞ》き込《こ》んでくる。さすがに自分が挙動不審《きょどうふしん》すぎたと、吉国は気づいた。

「いや、大丈夫だ。なんでもない」

会社のパソコンで仕事とは関係のない情報を検索していたと知られてはまずい。吉国は慌てて無表情を装《よそお》った。

「あー…、ばたばたしてすまない。私に見てもらいたいという書類はどれだ?」

「すみません、これです」

澄ました顔で書類を受け取りながら、吉国の頭の中は明日のことでいっぱいになっていた。

社会人になって十三年。三十半《なか》ばにして初めて、吉国《よしくに》は会社をズル休みした。

途中のスポーツ用品店でキャップを購入してかぶり、どうか知り合いに会いませんようにとこそこそしながら品川区《しながわく》までやってきた。

総合体育館内の大会会場に着くと、すでに競技ははじまっていた。

広い会場には相当の数の人がおり、熱気に包まれている。

大会のスタッフだけでなく、業界関係者や参加者の家族、一般の見物客もいるらしい。

ネットで見た写真の通り、アリーナの中央にずらりと窓枠《まどわく》付きのガラスが並べられ、スタートの合図とともに競技者が窓を拭《ふ》いていく。終わったらボタンを押してタイマーを止める。そして審査員が意地悪な姑《しゅうとめ》のごとき細かさで、拭き残しがないか、丹念にガラスを見ていくのだ。

観覧席にこっそりと座り、吉国は地味な競技だなと感想を抱いた。

ゼッケンをつけている参加者の中に白柳《しろやなぎ》の姿を探した。二年前と同様、いつもの青い作業着姿ではないかと視線を走らせていたら、見つけた。

「白柳……」

遠目なので表情まではよく見えないが、リラックスした雰囲気《ふんいき》でほかの参加者と立ち話をしている。まだ順番は回ってきていないらしい。ちらりと見えたゼッケンの番号は四十番台だった。

ひとまずホッとする。

「いや、なぜ私が安心しなければならない。白柳をどうしても見たくて見たくて来たわけではないのに」

ではなぜ会社をズル休みしたのか。

見たくて見たくて休んだのだ。

「白柳のクセに」

悔《くや》しい。自分の感情にムカつき、吉国は唇《くちびる》を歪《ゆが》めた。

その他大勢の見物客に混じって競技を眺《なが》めていたが、白柳の順番はなかなか回ってこない。いちいちチェックを入れる審査員が、はっきり姑に——というより、意地悪バァサンに見えてきた。

「お、次は黒田《くろだ》だぜ。今回のシロクロ対決はどうなる?」

すぐ近くにいた見物客が話し始めた。

「黒田のヤツ、二年前の負けがそうとうムカついたみたいで、かなりトレーニング積んだらしいぞ。地区予選で二位に甘んじるなんて、黒田にとっちゃ屈辱《くつじょく》以外のなにものでもなかったし」

「白柳の最年少優勝はすごかったが、あれはビギナーズラックだったのかもな。今回は黒田かも」

白柳の名前が聞こえては黙っていられない。吉国は清掃《せいそう》業界の人間らしいその男たちの後ろに立った。

「その黒田という人物はどれだ?」

いきなり詰問《きつもん》口調で声をかけられたからだろう、男たちはぎょっとして振り向いてきた。

「黒田はどれだと聞いている。そんなにすごい男なのか」

「なんだよ、あんた」

「白柳の知り合いだ」

堂々と言い放った吉国に、男たちは目を丸くした。

「黒田はあいつだよ、ほら、ゼッケン三十の」

示された方を見ると、格闘技が似合いそうながっしりした体格の男がいた。Tシャツとトレーニングパンツという格好で、ゼッケンは三十だ。見たところ年齢は三十代後半。吉国よりすこし年上といったところか。

「あれが黒田か」

「窓拭きのベテランだよ。二年前、不覚にもノーマークだった新人に敗れるまで、関東大会では敵なしの男だったんだ」

「なるほど」

鷹揚《おうよう》に頷《うなず》いた吉国だが、腹の底では黒田に対する対抗意識がメラメラと燃え上がっていた。

「お、いよいよ黒田だぞ」

黒田の競技が始まった。敵なしだったというだけあって、同時に競技している他の男たちのだれよりも手が早い。大きな体を生かし、全身を使ってガラスを拭いていた。一番に拭き終え、終了のボタンを押す。すぐに審査員が拭き残しのチェックに入った。

早いだけでなく、おそらく技術も高いのだろう。加算されたタイムはほとんどなかった。会場全体が「おお…」とどよめく。

「こりゃ黒田だな。これ以上のタイムは出ないだろ」

決め付けた言い方に、吉国は嚙《か》みついた。

「白柳はまだやっていない。これから競技するんだ。やってみなければわからないことを訳知り顔で言うな！」

「そんなに怒ることないだろう」

男たちは不愉快《ふゆかい》そうに呟《つぶや》き、吉国から距離をおいた場所に移っていった。

吉国とてさっきから見物していて、黒田が叩き出したタイムがいかにすごいものかわかっている。現に競技を終えた黒田は仲間らしい男たちに囲まれて、誇《ほこ》らしげに談笑していた。すでに勝った気でいるのだ。

腹が立つ。白柳はまだこれからなのに。

ビギナーズラックとは失礼な。初心者が運だけで全国大会優勝できるほど、この業界は甘いのか？　ちがうだろう。白柳はきっと素晴らしい素質を持った窓拭き職人なのだ。

悔しくて涙が滲《にじ》んできた。部下の失敗を尻拭《しりぬぐ》いしたときですら、こんなに怒りは湧《わ》かなかったのに。

涙で霞《かす》む目で白柳を探した。さっきとおなじところに白柳は立っていたが、いつのまにか一人になっている。親しげに声をかけていた参加者たちはどこかへ行ってしまっていた。

よくよく見ると、そいつらは黒田のところにいた。黒田は笑顔だ。周《まわ》りの者たちも笑みをこぼしている。

黒田の結果を見て、彼らはちやほやする相手を替えたのだ。カーッと頭に血がのぼるのがわかる。

「シロ、シロッ！」

衝動のままに吉国は観覧席から身を乗り出して呼びかけた。パッと弾《はじ》かれたように白柳が振り返る。ばっちり目が合った。

「吉国さん？」

びっくりした顔で白柳が呟いたのがわかった。二人の間には距離があるうえ会場全体が騒がしいので、普通の声では届かない。

白柳の口の動きはそう言っていた。

「どうしてここに？」

白柳は大勢の観客の中から、吉国の声を聞き分けて、一発で居場所を探してみせた。吉国はそれがうれしかった。

白柳が吉国を見つめたまま、ふっと微笑《ほほえ》んだ。

一週間前、あんな別れ方をしたのに、白柳は吉国がここに来たことを受け入れてくれているようだ。

よかった。今度こそ本当にもう嫌われたのではと思っていた。こんなところに来て不愉快だ

00

と拒絶されたらどうしようと、気に病《や》んでいた。

できれば駆け寄りたい。いますぐ、この距離を縮《ちぢ》めたい。

ああ――……。

吉国は体中で荒れ狂う圧倒的な感情の波に、思わず目を閉じた。

白柳が好きだ。

好きだ――好きだ、好きだ。

どうしようもなく、あの男のことを好きになっている自分を、吉国はとうとう認めた。

友達なんかじゃない。一緒にいて心が落ち着いたり、離れがたくなったり、安心して酔《よ》っ払《ぱら》ってしまったりしていたのは、好きになっていたからだ。

抱かれても嫌悪感などなく、縁を切るどころか友達としてつきあいを続けたいと思い、なんだかんだで二回もセックスをしてしまった。

すべて、自覚がないままに心惹《こころひ》かれていたからに他ならない。

目を開き、覚悟を決めて白柳を見る。

一心に吉国を見つめてきている年下の男が、愛しくてたまらなかった。

これからたったひとりで戦う白柳に、なにかしてあげたいと思う。すぐ近くまで行って励《はげ》ましてあげたい。大丈夫だと、自分に自信を持てと背中を押してあげたい。

だがそれは無理だった。もう白柳の順番が回ってくる。けれど目と目だけで、なにか通じるものがあった。

「次の班、用意してください」

白柳が呼ばれた。彼は吉国をもう一度振り返り、ぐっと拳《こぶし》を握《にぎ》って見せてくれた。なかなか頼もしいポーズだ。

白柳がガラスの前にスタンバイする。

吉国は祈《いの》るような心境で——実際、両手を組んで胸の前に置いていた——白柳を見つめた。

「スタート！」

係員の合図で競技が始まる。白柳は早かった。素人《しろうと》の吉国にもそれはわかるくらいに。あっという間に拭き終わり、終了のボタンを押した白柳のもとに、審査員が行く。

吉国は固唾《かたず》を呑《の》んで、その様子を見守った。姑根性の審査員、お願いだから、お願いだから
……とすがるような思いで。

電光掲示板にタイムが掲示された。

「やっ…た…！」

白柳のタイムは、ライバル黒田よりほんのわずか短かった。つまり、勝ったのだ。

会場内が大きくどよめく。驚きの声は、しだいに今日一番の歓声へと変わっていった。

白柳は関東地区の予選をトップの成績で通過。全国大会への出場を決めた。

その表彰式を観覧席から見つめながら、吉国はわが事のように誇らしく、どうしようもなく胸が震えて涙ぐみそうになった。

閉会式は業界のお偉《えら》いさんの挨拶《あいさつ》や特別賞の授与で、思ったより長々と続いている。きっとこのあとマスコミの取材や、打ち上げなどもあって、白柳はなかなか帰ることができないだろう。

吉国はそっと帰ることにした。

あとでお祝いのメールでも打っておこう。それと、近いうちに会いたいと伝えたい。会って、一週間前の謝罪をして、自分のいまの気持ちをはっきりと言葉にしたかった。

有給休暇をまったく消化しなくて組合に叱《しか》られるほどの吉国が、白柳の勇姿を見るためにわざわざ休みを取って競技を見に来たのだ。きっと、言葉にしなくても白柳はわかってくれているだろうが、彼の優しさにずっと甘えてきた自覚がある吉国は、ここでイッパツ、男としてけじめをつけたいと思っていた。

大会会場を出て、さて駅はどっちだったかなとあたりを見渡したときだった。

「吉国さん！」

後ろからガッと腕を摑《つか》まれた。振り返った吉国の前には、白柳がいた。

白柳は青い作業服にゼッケンをつけたままの格好だ。はぁはぁと肩で息をしている。息をするたびに、優勝の金メダルが胸で揺《ゆ》れていた。

「なに、さっさと帰ろうとしているんですかっ！」

いつも温厚な白柳らしくない怒鳴り声に吉国はびっくりした。白柳の日焼けした額《ひたい》には青筋《あおすじ》まで立っている。

「おまえ、閉会式はどうした？　勝手に抜けてきたのか？」

「表彰は終わりました。あとはどうでもいい。あなたの姿が見えなくなって、慌てて追いかけてきたんです」

「白柳君、それはだめだ。終わり良ければすべて良しという言葉があるだろう。閉会式はきっちり終わらせないと、社会人として……」

「そんなことはどうでもいいっ」

白柳に言葉を遮《さえぎ》られたのははじめてだった。この年下の男はいつも吉国の話を最後まで黙って聞いてくれていたから。

「ど、どうでもいいって……」

「俺のこと、許してくれたから、今日ここに来てくれたんですか？」

白柳は必死の表情で迫ってくる。

「一週間前のことです。あの朝、俺、嫌な言い方しました。すみませんでした」

「ああ、あれは……」

吉国の方が悪かったのだ。白柳は悪くない。許すも許さないもなかった。

「もう吉国さんに嫌われたかと思って、連絡を取ることができませんでした。冷たくあしらわれたら立ち直れない、どうしようと女々しく落ち込んでいました」

なんだ——。吉国はすとんと肩に入っていた力を抜いた。白柳も吉国とおなじだったのだ。相手に嫌われたと思って、なにもできなかった。

「でも、いつまでもくよくよ悩んでいてもしかたがない、当たって砕《くだ》けろと心に決めて、この大会がどんな結果に終わっても、今夜、あなたに会いに行くつもりでした」

きりりと表情をひきしめて立つ白柳はかっこよかった。金色に輝くメダルが、ゼッケンの上で揺れている。その輝きがまぶしくて、涙がこぼれそうになった。

こんなにいい男が、吉国を好きだと言ってくれているのだ。感動せずにいられるだろうか。

「まだ言っていなかったな。白柳君、優勝おめでとう。素晴らしい技術だと思う。私は素人だけれど、君がどんなにすごい職人かわかった」

「ありがとうございます、吉国さん。でもできれば、俺のことはシロって呼んでください」

「うっ…」

会場でうっかり愛称で呼んでしまったのを、白柳はしっかり聞いていたのか。

いまさらながら恥《は》ずかしくなって、カーッと頬《ほお》が熱くなってきた。

「いや、それはちょっと…」

「どうしてですか。さっきそう呼んでくれたでしょう」

やはり聞こえていたか。

「君は呼ばれ慣《な》れているかもしれないが、いくらなんでも、まるで犬かなにかのようにシロなどとは呼べないぞ。そ、それに私たちは、気安く呼び合えるような、すごく親しい仲でもないのに…」

「じゅうぶん親しいじゃないですか」

白柳が苦笑する。たしかに二度もセックスしておいて親しくないとは主張できない。

「だいたいいまさらですよ。吉国さん、覚えていないんですか？　いつも酔っ払うとシロシロって俺を呼んでいましたよ」

「ええっ？」

そんなバカな。記憶にない。

「ベッドの中でもです」

「うっ…」

そっと声を潜《ひそ》められて囁《ささや》かれ、吉国は声を詰まらせる。

「吉国さん、俺はできれば…あなたにベッドの中でまたシロって呼ばれたい」

「白、白柳君…」

熱がこもった声のせいか、耳元から首筋にかけて、ぞくぞくとなにやら意味不明な震えが走る。

「俺は許されたと思っていいんですよね？　完全に拒絶されたわけではないのなら、チャンスはあるってことですよね？」

チャンスどころか――。

吉国はちらりと上目遣《うわめづか》いで、白柳の不安そうな顔を見る。そんな顔をしなくていい。吉国の気持ちも同じだ。

だが――…男としてけじめを、と決意していたはずなのに、やはりいざとなると言葉にするにはためらいがある。

だって恥ずかしいではないか。

よく考えれば、いままで吉国は自分から他人にアプローチを仕掛けたことがなかった。いつも想いを告げられる方で、そんなに私のことを好きなら付き合いましょうか、というパターンだった。

みずからの真剣な想いを口にするという行為は、なんて勇気が必要なことなのだろう。過去に告白してきた女性たちのガッツに、吉国はいまさらながら感心した。

「吉国さん？」

「あの……白柳君……」

〈いままではっきりしなくて悪かった。君のことが好きだ。できればこれからは友達としてではなく、恋人としておつきあいしたい〉

ただそれだけのことが、なかなか言えない。いい年をした大人が赤面しながらもじもじとためらっていても、きっとすこしもかわいくないことだろう。

だが——白柳の喉仏《のどぼとけ》が、吉国の眼前でごくりと上下した。

「た、た、……」

「ん？　どうした？」

「たまんねぇー……」

白柳が片手で目を覆《おお》い、はぁ〜と息をついた。

「かわいすぎ…吉国さん…」

「ええっ？　私がか？　どこが？」

「そういうところが」

「やっぱり君はそうとう変わっているぞ。私なんかが、かわいいわけないだろう」

「そんなことはありません」

白柳は自信たっぷりに否定してくる。

「おーい、白柳ーっ！」

だれかが会場の玄関口で呼んだ。やはり閉会式の途中で抜けてきたのはまずかったのだろう。

「呼んでいるぞ。戻ったほうがいいのじゃないか」

「いいんです。行きましょう」

「あ、えっ、おいっ」

「見つかる前に逃げましょう」

白柳にほとんど引《ひ》き摺《ず》られるようにして吉国は総合体育館を出た。

「吉国さん、俺は一刻も早く二人きりになりたいので、タクシーをつかまえたいと思います。どっちに行きます？」

「どっちとは？」

「俺の部屋か、吉国さんの部屋か。俺はどっちでもかまいません」

離さないぞ、という気持ちがこめられているのか、吉国の手を握った白柳の手には、力がこめられていた。その痛みが心地いいなんて、男としてどうだろう。

だが吉国は、この大事な場面で自分を偽《いつわ》りたくはなかった。

「あ、あの、白柳君」

「はい」

「君に頼みたいことがある」

「なんですか？」

「私の部屋の窓を、拭いてくれないだろうか」

吉国としては、これが精一杯の誘い文句だった。

酔ったところを送り届けてもらったことはあったが、白柳を部屋の中にまで入れたのは初めてだった。

港区《みなとく》のワンルームマンション。とはいえ、二十畳《じょう》あるので白柳の部屋よりずっと広い。大きめの窓は東京湾を向いていて、いくつかの高層ビルと海が見えていた。

「窓拭きしがいがありそうな大きさですね」

白柳がうきうきとうれしそうに言うものだから、吉国は黙って赤くなった。窓を拭いてくれ云々は吉国の不器用な誘惑だとわかっているだろうに、白柳はなかなか意地悪だ。

タクシーの中からすでに吉国はがちがちに緊張していた。

部屋に着いて告白したら、きっと抱かれることになるだろう。すでに二度もセックスしてはいるが、アルコールを摂取《せっしゅ》していない素面《しらふ》の状態でするのはこれがはじめてだ。きちんとできるだろうか。酔っていない吉国は、白柳が満足するような反応ができるのだろうか。

「吉国さん」

部屋の中央で突っ立っている吉国を、白柳がそっと抱きしめてきた。ついビクッと全身を震わせてしまう。白柳は苦笑いした。

「そんなに怯《おび》えないでくださいよ。なにもしません。部屋に入れてもらえただけで大満足です」

「え………これだけで満足されては…」

てっきり大人のアレコレが付随してくると思っていた吉国のドキドキはどうなる？　無駄か？

ついうっかり正直な反応をしてしまった吉国は、驚いた表情の白柳に気づいて耳まで真っ赤になった。

「す、すまない。はしたなかったな」

「いえ、俺は大歓迎ですけど、一足飛びにそこまで突っ走ってもいいものかどうか、判断がつかないです」

「ああ、そうか」

吉国は居住まいを正し、コホンと咳《せき》をすると白柳に向き直った。

「あの、白柳君……」

「はい」

ちらりと上目遣いで白柳を窺《うかが》えば、期待に満ちた笑みが。

羞恥《しゅうち》のあまり内心で「ひぃぃ」と悲鳴を上げながら、吉国はえぇいとばかりに思いをぶちまけた。

「き、き、きき君のことが、すすす好きだ。好き、なんだと思う。好き、好きで、好きだから、その……」

「吉国さん、わかったから、落ち着いて」

とんとんと肩を叩《たた》かれ、吉国は目眩《めまい》をこらえつつ深呼吸した。

「君のことが、好きだ。あの……友達としてではなく、恋愛感情で」

「…………うれしいです」

しみじみと白柳は呟いた。

「ずっと、いい加減な態度ですまなかった。君には辛《つら》い思いをさせてしまった」

「そんなことはいいんです。俺はただ、あなたのことが好きだっただけだから」

白柳はすっとごく自然に距離をつめてきて、両手を広げた。

「抱きしめてもいいですか？」

「うっ…」

抱きしめられることくらいいいが、そのあとのことを考えると部屋の隅《すみ》に置いてある自分のベッドを直視できない。

この部屋に越してきて五年になるが、ベッドの周囲に衝立《ついたて》でも置くべきだったと、剝《む》き出《だ》しの状態が初めて気になった。

「俺が怖いですか」

怖い？　白柳が？

吉国は白柳を見上げてみた。

十歳も年下のくせに、包み込むような優しいまなざしをしている。吉国がなにを言っても、なにをしても、すべてを受け止めて許してくれそうな微笑だった。

「……………怖くない」

「本当に？」

「…………君が怖いなんて、絶対にない。怖いのは、君じゃないんだ。私は私自身が怖い……」

実際、手足の末端が小刻《こきざ》みに震えてきた。まだ初秋とも呼べない気候《きこう》だ。寒いわけではない。

「わ、私は、きちんとセックスできるだろうか。できなかったらすまない。その、し、素面では、初めてだから」

「きちんと…って。吉国さん、セックスは儀式じゃないですよ。おたがいに気持ちよくなって、心をより近づけることができればいいんです」

「だから、私なんかで君がちゃんと気持ちよくなれるかどうかが心配なんだ。もう二度と私とセックスしたくないと思ったら……」

吉国は真剣なのに、白柳はプッと吹き出して笑った。

「なっ、なぜ笑うっ。私はこれでも必死なんだっ」

「すみません。あまりにもかわいらしいことを言うので…」

「だから私はかわいくなんかないっ」

吉国は苛立《いらだ》ちをもてあまして地団駄《じだんだ》を踏んだ。

「大丈夫、二度としたくないなんて絶対に思いませんから」

「絶対に？　どうして言い切れるんだ。酔っている私を抱いてよかったかもしれないが、酔っていない状態ではどうなるか、わからないんだぞ。全然反応が違うかもしれない」

「大丈夫ですって」

白柳は笑顔のまま吉国の頬にちょんとキスをしてきた。

「酔っていても酔っていなくても、あなたはあなただから。俺はどちらのあなたも好きです」

「……本当か？」

「本当です」

白柳の黒い瞳《ひとみ》は澄んで、一片《いっぺん》のくもりもない。口先だけじゃなく、心からそう思っているとわかるまなざしだった。

白柳の瞳に吸い込まれるように、吉国は顔を寄せていった。目を閉じると同時に、唇《くちびる》が重なる。

白柳の唇は、記憶のとおりに柔らかく、あたたかかった。上唇と下唇を交互に甘《あま》噛《が》みされ、吉国ははやくも腰をびくりと震わせる。すぐに歯列《しれつ》を割って侵入してきた白柳の舌は、吉国を翻弄《ほんろう》した。

「ん、ん、んっ」

上顎《うわあご》をくすぐられて背筋がのけぞり、舌をからめとられてとろけそうに感じた。

吉国は無意識に白柳にすがりついていた。そうでもしないと立っていられなかったのだ。ゼッケンに両手でしがみつき、いつの間にかそれが破れそうになっていても、吉国は濃厚なキスに夢中で気づいていなかった。

唇が離れたときには、吉国の体はすっかり煽《あお》られて勃起《ぼっき》していた。密着している白柳の股間《こかん》も熱くなっているのがわかる。わざと吉国の腹部に押し付けているのか、白柳の硬さと大きさがリアルに感じられた。

これで粘膜《ねんまく》を擦《こす》りあげられたときの快感が、体の奥でよみがえる。深呼吸でいけない妄想を散らそうとしたが、吐く息はやけに艶《つや》めいてしまった。

「吉国さん、俺がちゃんと興奮しているって、わかりますよね」

「うん……」

「なにも心配しなくていいです。余計なことは考えずに、吉国さんは、ただ感じてくれていればいい」

「白柳君…」

「シロって呼んでください」

「……シロ」

「幸一《こういち》さん」

唐突に名前を甘く囁かれて、吉国は陶然《とうぜん》と目を閉じた。

なんて心地いいのだろう。好きな人に愛しさをこめて名前を呼ばれる。これ以上の幸せがあるだろうか。

「シロ、シロ」

「はい」

「してくれ」

泣きたくなるほどの恋心に突き動かされて、吉国は白柳に訴えた。

「いますぐ、私を抱いてくれ。どんなふうにしてもいいから。なにをしてもいいから。私は君に抱かれたい。全部、なにもかも、君のものになりたい」

白柳を見つめていたいのに、なぜか視界が霞《かす》んだ。自覚がないままに泣いていたのだ。

「幸一さん」

「お願いだから、私を……」

「泣かないでください。頼まれなくてもそうするつもりでしたから」

「そうなのか？　私を、君のものにしてくれるのか？」

「さっきからもう、俺のものにしたつもりでしたよ」

ふっと不遜《ふそん》な笑みを浮かべたかと思ったら、白柳は吉国を抱き上げていた。

「うわぁ」

細身とはいえ身長が百七十センチある吉国を、白柳は軽々と横抱きにしたのだ。驚きのあまり涙がひっこんだ。

ベッドにふわりと下ろされた吉国は、覆いかぶさってきた白柳の体をとっさに抱きとめる。ぎゅっと抱きしめてしまってから慌てた。恥ずかしい。

だが白柳は逃がしてなどくれなかった。

顔中にキスの雨が降らされる。

「あ、あ、ん、やめ」

うっかり変な声がこぼれてしまった。

あわあわと手で口を塞《ふさ》いだが、白柳に取り払われてしまう。

「なにをしているんです？　そんなことをしたら、キスできないじゃないですか」

「でも変な声が出るから…」

「変な声なんかじゃありません。いい声です。もっと聞かせてください」

やはり白柳はどこか常人とは感覚がちがうのだ。吉国の変な声をいい声と言い、三十代半ばの男にかわいいと囁くのだから。

だからこそつかまえておきたいと思う。

白柳のような人間は、きっと二人といない。白柳を逃がしたら、吉国を無条件で好きになってくれる人間はいないにちがいない。

「私の声を、もっと聞きたいのか？」

「聞きたいですね。だから我慢しないでください」

「あっ」

首筋に唇が落ちてきて、軽く吸われた。

「あ、んっ、ん」

どうしても声が出てしまう。聞かせてくれと言われたが、本当にこれでいいのだろうかと心配になる。

「いい声ですよ。幸一さん」

不安を察したのか、白柳がそう囁いてくれた。

「服が邪魔ですね」

胸元を広げられ、白柳に首筋から鎖骨《さこつ》のあたりをねっとりと舐《な》められた。ぞくりとした感覚が下半身を直撃し、じっとしていられない。もじもじ悶《もだ》えている吉国の体から、白柳はするすると服を剝《は》いでいってしまう。気がついたら下半身が剝き出しになっていた。

吉国は声にならない悲鳴をあげた。

「カ、カーテン、閉めろ。閉めてくれ」

「明るいのは嫌ですか。あなたがよく見えていいのに」

「私は嫌だ。あっ」

乳首にちゅっと吸い付かれた。れろれろと舌で舐め転がされて吉国は悶える。

「あ、やだ、そんなに、ああっ」

もう片方の乳首を指先で摘《つま》まれた。くりくりとこね回されて喘《あえ》ぎ声《ごえ》が止まらない。男の乳首など意味がないものだと思っていたのに、どうしてこんなに感じてしまうのか。しかも、覚えのある快感だった。酔っていた二度のセックスでも、こうして乳首を嬲《なぶ》られ悶えさせられたからだろう。

「あ、あ、ああっ」

性器を握《にぎ》られた。キスと乳首への愛撫《あいぶ》だけで勃起していたそれは、先走りの体液でどろどろになっている。

「すごいですね、幸一さん」

感嘆《かんたん》とともに白柳が手を上下に動かす。

ぐちゃぐちゃと粘着質の音が聞こえた。

まさかそこまで濡《ぬ》れているとは思っていなくて、自分の体のはしたなさに吉国はショックを受けた。焦《あせ》って言い訳をしてしまう。

「い、いつもは、こんなじゃない。今日は、たまたま、どうしてかわからないが、こんなことに……」

「感じてくれてうれしいですよ」

「うれしい？」

「うれしくて俺ももう我慢できそうにありません」

そう言って、白柳が吉国の手をみずからの股間に誘導する。そこはさっきよりももっとがちがちに硬くなっていた。

「うわ、すご……苦しくないのか」

「とても苦しいです。出してもらえますか？」

「わ、私がっ？」

ぎょっと目を丸くした吉国に、白柳はしっかりと頷《うなず》いた。心臓をばくばくいわせながら、吉国は白柳の作業服のファスナーをじりじりと下ろしていく。

白柳の下着はトランクスだった。先端が当たっている部分が染《し》みになっている。

白柳も吉国と同じように先走りがあふれているらしい。

「出してください。お願いします」

ごくりと生唾《なまつば》を呑み、吉国はトランクスをずり下げた。立派なものが飛び出してくる。まじまじと白柳の性器を見たのは今回が初めてだった。

すごく大きい。特に長かった。こんなものが二度も吉国の中に入ったなんて信じられない。なにかの間違いじゃないかと思ってしまう。ちゃんと体を繋《つな》ぐことができるのか、怖くなってきた。

かといってこんな場面でお断りするのは人としてどうかと思う。

「吉国さん、一回、出していいですか」

白柳の上ずった声にドキリとする。吉国の手の中で白柳はさっきよりも育ち、ドクドクと脈打っていた。先走りはとめどなくあふれ、吉国の指を濡らしている。

そうとう辛そうな状態になっていた。

「わ、私が、扱《しご》けばいいのか？」

「できれば一緒に」

こうやって、と吉国の性器とあわせて白柳の大きな手に包まれる。

「あ……」

ごりごりと擦れあう二本の性器。その卑猥《ひわい》な光景と腰がとろけるような快感に、吉国は息を呑んだ。

「う、すげ……、幸一、さ…っ」

白柳の喘ぎ声がとても色っぽい。せわしない息遣《いきづか》いがかわいいと思った。白柳の官能的な表情をじっと見上げながら、吉国は手を動かす。

たまらなく気持ちがよかった。擦れあう性器がもたらす快感だけでなく、手のひらから伝わる白柳の脈動《みゃくどう》と熱が吉国を夢中にさせた。

白柳をもっと見ていたいのに、快感のあまり目が霞む。

「あ、う……、シロ、シロ……ッ」

「んっ……！」

吉国が自分自身もうダメだと我慢の限界に達したとき、白柳が低く呻《うめ》いて射精した。

大量の白濁《はくだく》が手の中にあふれたのを見て、吉国も極《きわ》めてしまう。二人分の体液が吉国の腹を汚した。

その精液を指にすくい、白柳が吉国の後ろに塗《ぬ》り始《はじ》める。どうしても力んでしまう吉国に、リラックスしてと宥《なだ》める声がかかった。

「力を抜いて、幸一さん。三回目ですから、大丈夫ですよ」

だが素面ではははじめてだ。吉国としてはすべてが初体験のようなもので、恥ずかしくてたまらない。ベッドに仰臥《ぎょうが》し、両足を大きく広げて白柳を間に入れ、肛門《こうもん》を触《さわ》らせるなんて。

「あっ？　や………」

ぬるりと指が入ってきた。意外に思うほど抵抗なく指が入ってしまい、体はすでに経験を積んでいるのだと思い知る。

「痛くないでしょう？」

「……ない」

正直に頷くと、白柳にちゅっとキスをされた。褒《ほ》められたようでうれしい。

「このあたりが、幸一さんの…」

「なに？」

ぐりっと内部で指が動き、勝手に腰がびくんと跳《は》ね上《あ》がった。背筋を電流が走ったような感覚。自分の身に何が起こったのかわからなかった。

「シ、シロ？　私になにをした？」

「なにって、ここが幸一さんの感じるポイントなんですよ。ほら、気持ちいいでしょう？」

さらにぐりぐりと指で刺激され、吉国はのけぞった。

「ああっ、あっ、やめ…っ」

「二本にしますね」

もうここまできたら、吉国の戸惑《とまど》いなど白柳はスルーだ。指を増やされ、後ろをぐちぐちと弄《いじ》られる。

酔っていたときも感じたはずだし、朧《おぼろ》ながら覚えている。でも素面での快感は信じられないほど激しかった。

「あう、んっ、シロ、シロッ、あっ」

もう体裁《ていさい》などかまっていられない。羞恥心などどこかへ吹き飛んだ。吉国はシーツをぐしゃぐしゃにして悶えた。

指がゆっくりと引き抜かれ、両足が白柳に抱《かか》え上《あ》げられる。解《ほぐ》されたそこに熱いものがあてがわれた。

「シロ、シロ…………あ…………」

じりじりと、巨大なものが引き裂くような圧迫感とともに入ってくる。痛みはあった。けれど充溢感《じゅういつかん》に心が震える。好きな男に求められ、体を繋ぐことができた幸福感に、涙が滲《にじ》んだ。

「幸一さん…」

白柳が長くて硬いものをすべて挿入し終え、吉国の頬をそっと撫《な》でてきた。

涙の膜《まく》の向こうに、白柳の笑顔が。

「うれしいです。俺を受け入れてくれてありがとう」

「礼を、言うのは…私の方だ。君は…言わなくて、いい」

大きなものを体内に納《おさ》めているせいか、腹筋に力が入らなくて上手《うま》く話せない。

「もう動いていいですか？」

「私の、すべては、君の…ものだと、言ったはずだ。好きに、して…いい…から」

そう告げたとたんに白柳の腰が突き上げてきた。

「あうっ」

「幸一さん、そんな、煽るようなこと、言っちゃダメですって」

「あっあっ、や、待て…っ」

好きにしていいとは言ったが、激しすぎて辛い。もうすこしゆっくり動いてほしいと訴えたくとも、がくがく揺さぶられて喋《しゃべ》れない。

「あ、ひ………ああっ！」

感じるところを抉《えぐ》られて、吉国は嬌声《きょうせい》を上げた。一気に絶頂へ駆け上がってしまいそうな強烈な快感。

「あーっ、も、や、シ、ロッ、あーっ」

「幸一さん、いい？　感じる？」

「か、感じる、感じるからっ、も、やめ」

「冗談でしょ、ここでやめるわけがない」

ぐいっと下半身を持ち上げられ、体を二つに折るような体位をとらされた。突き上げられる角度が変わり、吉国はさらに悶え狂わされる。

「ひ…………あう…っ！」

不意に乳首をキュッと摘まれ、吉国は弾《はず》みでいってしまった。立て続けに射精したことなど、何年ぶりだろう。

「あ、あ、も、休ませて…ほし……」

「まだです。もうすこし」

白柳は止まらない。腰を回すようにされて吉国は鳴いた。二度もいったのに、萎《な》えずに勃《た》ちつづけている自分が信じられない。敏感になっている体は暴走しようとしている。

「幸一さん、好きです、愛してます。ああ、いい…」

白柳は感動が滲む声で囁いてくる。酒は一滴《いってき》も飲んでいないのに、酔ったような恍惚感《こうこつかん》が吉国から常識を取り払ってしまった。

「シロ、私も…いい、もっと、してくれ」

破廉恥《はれんち》なことを訴えながら両足を白柳の腰にからめたのだ。当然、白柳は勢いを増した。

そのうち体内の粘膜に熱い塊《かたまり》が叩《たた》きつけられる。白柳は若さゆえか、二度目でも大量の体液を迸《ほとばし》らせた。

「幸一さん、今度はこっちで」

揺さぶられすぎて朦朧《もうろう》としている吉国の体を、白柳はくるりとひっくり返し、腹這《はらば》いにさせる。腰だけ高く上げさせられ、後ろから挿入された。ウエストをがっちりと摑まれ、情熱的に貪《むさぼ》られる。

吉国は勃起しても、三度目となるとなかなか達することはできなかった。そのぶん、神経が爛《ただ》れるような快感がだらだらと続き、身も世もなく喘いだ。

「あ、あ、んっ、んんっ」

「幸一さん、幸一さんっ」

「シロ……っ」

吉国はすべてを許した。白柳の気が済むまで受け入れた。

そんな吉国に、白柳は最後まで心からの愛の言葉を囁き続けていた。


「あ、課長。おはようございます。もう体調はいいんですか？」

二日間休んだ吉国《よしくに》を、部下たちが心配そうに迎え入れてくる。

「ああ、大丈夫だ」

内心の動揺《どうよう》を隠したくて、吉国はメガネのブリッジを指で押し上げつつ、俯《うつむ》き加減でオフィスに入った。

自分のデスクに行くと、休んでいた間に溜《た》まったメモが、並んでいる。課長印が必要な書類もたくさんあった。

それらにざっと目を通しながらイスに座ろうとし、下半身の違和感にぎくりとなる。勢いよく座ってはまずい事情があったことを思い出し、吉国はそろりそろりと尻をイスに乗せ、ゆっくりと体重をかけていった。

体の倦怠感《けんたいかん》は我慢できる程度だが、後ろのある部分が悲鳴を上げている。

すべては休んだ間に起こったことだが、吉国はため息とともに書類を手に取る。

二日も続けて会社を休むつもりはなかった。一日目は大会を見に行くためだったが、昨日の休みは予定外だった。激しいセックスのせいで腰が立たなかったのだ。

一昨日《おととい》の夕方、白柳《しろやなぎ》とともに大会会場から自宅に帰り、それから延々と明け方まで、吉国はセックスに溺《おぼ》れた。

若さというのは恐ろしい。白柳の回復力には驚かされた。前から後ろから横から、体位を変えて何度も挑《いど》まれ、翌朝、吉国はベッドから起き上がれなかった。

吉国の有様に、白柳は平謝りだった。

でも吉国は別に怒ってはいない。セックスを許したのは自分だからだ。本当に嫌だったら、きちんと拒《こば》んでいた。白柳は、拒まれても強引に続けられるほど情のない男ではない。

「あの、課長…」

女性社員がお茶を持ってきてくれた。

いつか吉国に熱いコーヒーをぶちまけた社員だった。緊張しながら湯のみを置いている。

純白の茶器の中、湯気が立つ緑茶は、美しい翡翠色《ひすいいろ》をしていた。

「ありがとう。上手に淹《い》れられるようになったみたいだな」

何気なく感想を口にして、一口飲む。

「うむ、美味《うま》い」

本当に美味《おい》しかった。朝っぱらから疲れている体には、染《し》みるように美味しかった。

女性社員がなかなかデスクの横から立ち去らないので不思議に思って見遣《みや》ると、驚いたような表情で固まっている。

「どうした？　なにか用か？」

「いえ、そういうわけでは……でもあの、課長に褒《ほ》めていただいたのは、初めてだったので……びっくりして」

吉国の方こそびっくりだ。この女性社員はいつもお茶やコーヒーを淹れてくれていたが、礼は言っても褒めたことはなかったらしい。

「それはすまなかった。君は確実にお茶を淹れるのが上手《うま》くなっているよ。最初はひどかったがね」

苦笑しながら付け足すと、女性社員は刷毛《はけ》ではいたように白い首筋《くびすじ》を赤く染《そ》め、ぺこりと頭を下げて駆《か》けていった。

彼女のあんな顔を見たのは初めてで、どうしたのかなと不思議に思う。

「課長、新入社員にかける言葉は選んでくださいよ」

書類を差し出しながら言ってきたのは五分刈《ごぶが》りの塚本《つかもと》だった。

「なんのことだ？」

「ま、課長ならセクハラで訴えられることはないでしょうが、勘違いされるのは困《こま》るでしょう」

意味がわからない。

「なにがあったか知りませんが、いきなり性格が丸くなっていませんか？」

ドキッとして吉国は硬直した。あからさまに反応してしまったらしく、塚本は苦笑いしている。

「課長は独身ですから、狙《ねら》われているんです。その気がないなら、気をつけてくださいよ」

ありがたい忠告と書類を置いて、塚本は自分のデスクに戻っていった。

たった二日間。けれど素晴らしい二日間だった。白柳との時間が、傍《はた》から見てわかるほどに吉国を変えたのだろうか。

恋愛なんて仕事の次だと、ずっと思ってきた。だがいまは、同じように大切なものだと考えるようになっている。

仕事がなくても白柳がいなくなっても、吉国は吉国でなくなってしまう。

変わったのは白柳のおかげだろう。あの元気でめげない男を、放したくない。

そのためにも、まず体力と精力か。

自分が二十代半《なか》ばだったときはどうだっただろうか？　いまより当然元気だっただろうが、白柳ほどではなかったと思う。

「ジムにでも通うか……」

ぽつりと呟《つぶや》き、吉国はふと顔を窓に向けた。視線を感じたような気がしたのだ。予感があったのかもしれない。

案の定——窓の外には二日間、吉国から離れなかった男の笑顔があった。両手に窓拭《まどふ》きの道具を持って、ぶらさがっている。窓を拭きながら、にこにこと明るい笑顔を吉国に向けていた。

こんなに健全そうな顔をして、ベッドの上ではすごかった。思い出すと顔が赤くなってしまいそうなので、吉国は記憶に蓋《ふた》をする。

部下たちの目があるから、デスクの陰でこっそり手を振るだけにとどめた。

今朝まで一緒にいた。今夜も会う約束をしている。夜が待ち遠しいなんて、吉国にとって画期的なことだった。けれど嫌な感じはしない。

やはり白柳のおかげで変わったようだ。

愛された疼《うず》きがまだ色濃く残る体を、窓から書類へと向き直させる。背中に恋人の視線を感じながら、吉国は仕事に取り掛かった。

愛はここから

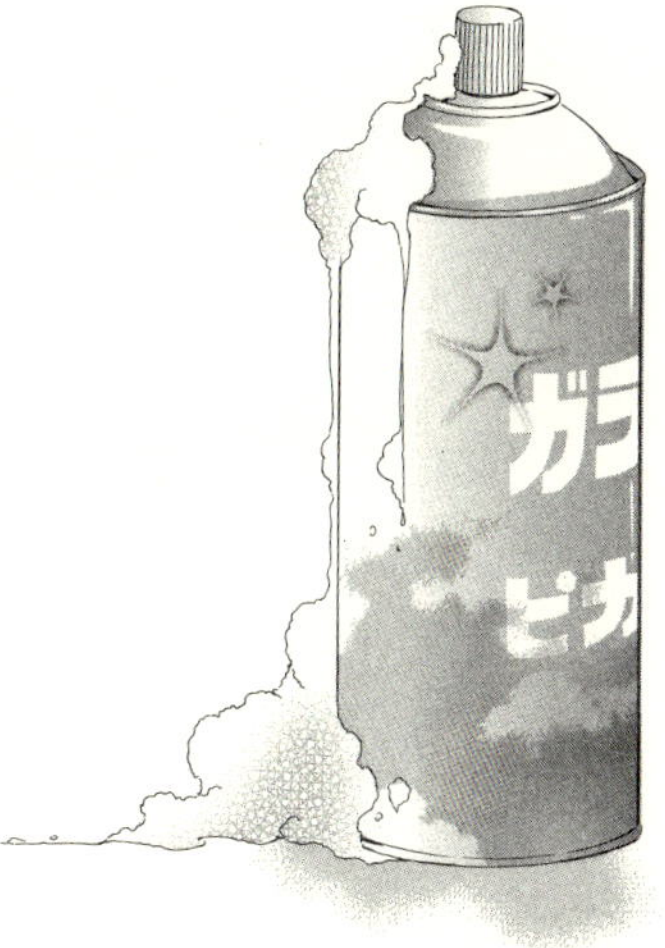

酒を飲むとスイッチが入るようになったのは、絶対にこいつのせいだ——と、吉国《よしくに》は目の前で爽《さわ》やかに微笑《ほほえ》んでいる年下の男を睨《にら》みつけた。

いや、本人は睨んでいるつもりだが、実際には潤《うる》んだ瞳《ひとみ》で物言いたげにじっと見つめているだけだ。

「シロ……」

「もう酔《よ》っちゃったんですか？」

「シロ、シロ」

小さなちゃぶ台をよたよたと四足でまわりこみ、吉国は白柳《しろやなぎ》のたくましい肩にすがりついた。

ちゃぶ台の上にはビールの缶が空《から》の状態で数本並んでいる。このくらいの量では酔ったりしないが、食事をしながらこの倍ほどの本数を飲んでいた。ダイニングテーブルにはまだ片付けられていない缶がいくつも林立している。

「おまえのせいだ」

「はいはい」

なにが、なんて無駄な質問はしてこない。酔ってしまうとだいたいこうなることを、短い付き合いでもう知られているからだ。

太くてがっしりとした腕に背中を抱き寄せられると、ほっと安心してしまうのはなぜだろう。

「シロ……」

くちづけをねだるように吉国から唇《くちびる》を寄せる。すぐにチュッと軽く吸われたが、欲しいのはそんな子供だましのキスじゃない。

「だめら、シロ、もっろ」

「ああ、もう呂律《ろれつ》が回らなくなってるじゃないですか。だから飲みすぎだって」

「んん、シロ……」

ぐっと体重をかけて白柳を押し倒した。馬乗りになって、逃がさないぞと覆《おお》いかぶさる。

白柳は笑って、両手を吉国の腰に回してきた。色気のない触《さわ》り方《かた》にムッとする。

「おまえは、欲しくないのら？」

欲しがっているのが自分だけのように余裕をかまされて、とても面白《おもしろ》くない。

吉国と白柳は、できあがってまだ一ヵ月の恋人だった。お互いに仕事が忙しいが、できるだけ時間を作って頻繁《ひんぱん》に会っている。

今夜は白柳の部屋に来ていた。そろそろ美味《おい》しくなってきた鍋《なべ》をつつきながらビールを飲み、いい気分になったところで吉国は素面《しらふ》ではとても恥《は》ずかしくてできないことをしているところだ。みずから迫る、という非常に難しい技を。

「シロ、シロ、なぁ、もっろくっついて」

「くっつくだけでいいんですか？」

「ダメ、ダメら、もっろ、ぎゅってして」

「こんなふうに?」

「ちが、服…邪魔。これ、いらない」

「裸がいいんですか。吉国さん、自分で脱げます?」

スーツの上着は食べる前に、すでに脱いでいた。ネクタイを取ろうとするが、指が上手《うま》く動かない。シャツのボタンも当然のように外《はず》せなかった。苛々《いらいら》してウガーッと叫びそうになる直前に、白柳が外してくれる。

露《あらわ》にされた胸に、白柳がキスをした。アルコールが入っているせいか、脱いでも寒さを感じない。むしろ熱くなってくる。

「ちが、そこらない」

「どこ? ここ?」

「あうっ」

乳首をチュッと吸われて腰がびくんと跳《は》ねた。すぐに服の下で股間《こかん》が硬くなってくる。

昨夜は会えなかったが、一昨日《おととい》に会ってセックスしたばかりだ。なのに、この飢《う》えたような反応はなんだろう。三十代も半《なか》ばになっているというのに。

白柳に抱かれるようになってからの吉国の体は、いついかなるときでも発情してしまえるような待機状態とでもいえる感じになってしまっている。

たったこれだけの触《ふ》れ合《あ》いで、もう後ろが疼《うず》いてたまらない。そこをたっぷりのジェルでどろどろになるまで解《ほぐ》してもらって、白柳の大きくて硬いもので貫《つらぬ》いて欲しかった。粘膜《ねんまく》を抉《えぐ》られる快感を想うと、背筋が勝手に震えてくる。

「幸一《こういち》さん」

耳に直接囁《ささや》かれ、吉国は蕩《とろ》けた目で白柳を見つめた。

「シロ……抱いて」

素面だったら絶対に口にできないセリフだ。

白柳はうれしそうに微笑み、吉国を組《く》み敷《し》いてきた。ズボンをつるりと脱がされ、隅々《すみずみ》まで愛撫《あいぶ》をほどこされる。

「あ、シロ、すき、すき…っ」

解された後ろに白柳の大きなものが挿入《そうにゅう》された。入れられただけで吉国は我慢できずに達してしまう。白濁《はくだく》をこぼしながらびくびくと小さく跳ねる吉国の体を、白柳はきつく抱きしめてくれた。

「幸一さん、いい、すごく……」

「もっろ、シロ、もっろして。すき、シロ、すき」

何度も求めては心情を吐露《とろ》し続けるという、吉国にとってはいつもの白柳との夜だった。

酔って抱かれた翌朝は、いつも自己嫌悪に苛《さいな》まれる。

「はい、どうぞ」

倦怠感《けんたいかん》の残る体でダイニングテーブルにつくと、白柳《しろやなぎ》が炊《た》きたての白飯をご飯茶碗《ぢゃわん》によそって吉国《よしくに》の前にとんと置いてくれた。

豆腐《とうふ》とワカメの味噌汁《みそしる》と、焼き鮭《ざけ》、小松菜《こまつな》と厚揚《あつあ》げの煮びたし、卵焼《たまごや》きという、旅館の朝食メニューがほかほかと湯気をたてて並んでいた。白柳の部屋に泊まると、いつも素晴らしい朝食が用意されるのだ。

すごく美味《おい》しそうで、昨夜の激しい運動のせいでエネルギー不足の体はキューと腹を鳴らすことで空腹を訴えた。

「おかわりはたくさんありますから、好きなだけどうぞ」

腹が鳴る音を聞いて、白柳はにっこり笑う。

吉国は自己嫌悪と羞恥《しゅうち》で居たたまれなかったが、せっかく用意してくれたものを食べずに出て行くことなんてできない。

「……いただきます」

「俺もいただきます」

向かいの椅子に座った白柳といっしょに食べはじめる。朝の健康的な光の中で、吉国は白柳をまともに見ることができないでいた。

またやってしまった——。そんな思いで胸がいっぱいだ。

白柳とセックスすることに対しては、もう開き直っているのだが、酔った上での行為はまた別だった。酔うと理性がどこかへ逃亡してしまうのか、吉国は本能のみのケダモノになってしまう。白柳とこういう関係になってから判明したことだ。

酔っても記憶が失くなることはない自分の脳味噌が恨《うら》めしい。あんな、ごろにゃんネコのような態度で白柳に迫り、「抱いて」なんて囁《ささや》いて、「もっと」と腰を振りまくるなんて。

思い出したくないのに、昨夜の痴態《ちたい》が走馬灯のように脳裏《のうり》をよぎっていく。箸《はし》を持つ手がわなわなと震えてきてしまった。

「幸一《こういち》さん、おかわりは？」

優しく聞かれて、吉国はハッと我に返った。

「いや、もういい。ありがとう」

「いつも思うけど、幸一さんは食べ方がきれいですね」

「そ、そうか？」

きれいだなどという表現を使われるのは慣《な》れていない。たとえ容姿《ようし》ではなく、食べ方についての感想であっても、動揺《どうよう》してしまう。

どきどきして頬《ほお》が赤くなってしまいそうで、吉国は早々に食事を切り上げることにした。

「ご、ごちそうさま。美味しかった」

「お茶飲む?」

「いや、いい。そろそろ出社しないと、朝一で確認しなくちゃならないことがあったのを思い出した」

「今日はどのネクタイにしますか?」

すでに何度も泊まっているので、この部屋にはネクタイやらワイシャツやらが置かれている。白柳がクローゼットを開けて、ネクタイを選んでくれた。

「どれでもいいが……」

「これにしましょうよ」

白柳が濃紺地《のうこんじ》にレモンイエローのストライプがはいった派手な柄《がら》のネクタイを手に取った。見覚えのないネクタイに、吉国は首を傾《かし》げる。

「そんな柄のやつ、あったか?」

「俺が買いました。ここから会社に行くときに使ってくれないかなと思って。結んであげます」

買ってくれた……それってプレゼントということか? 思いがけない贈り物に、吉国は戸惑《とまど》いとうれしさでぼうっとなってしまう。そのあいだに、白柳にネクタイを素早く結ばれていた。

「よく似合います」

「そうか?」

そう言ってもらえると照《て》れ臭《くさ》いがうれしい。自然と笑みがこぼれた。

「ああ、もう、かわいい」

白柳がいきなり抱きしめてきた。髭《ひげ》を剃《そ》ったばかりの頬に、ぐりぐりと痛いくらいの強さで頬を押し付けてくる。

「会社なんて行かせたくないくらいです。幸一さん、大好き」

「な、なに言って、朝っぱらから……っ」

カーッと顔が熱くなって、吉国は慌てて白柳の腕の中からもがき出た。おたおたと玄関に向かう吉国を追って、にこにこ笑顔の白柳もついてくる。

「今夜、またこの部屋に帰ってきてくれますか？」

「えっ……それは……」

そうしたいのはやまやまだが、仕事がどうなるかわからない。ここに戻ってくると言えば、白柳はきっと夕食の用意をして待っているだろう。待ちぼうけをさせるのは忍びない。

「そんなに悲しそうな顔をしないでくださいよ。わかりました、待っていませんから。でも早く終わったら、連絡してください」

悲しそうな顔とはいったいどんな顔なのだろう。吉国は疑問に思いながらも、待っていないという言葉にチクリと傷つき、さらに連絡をくれという言葉に許されたと安堵《あんど》した。

一瞬のあいだにコロコロと感情が動かされ、朝っぱらから頭が混乱してくる。

「幸一さん」

「んっ」

棒立ちになっていたら、キスをされてしまった。

「いってらっしゃい」

「…………いってきます…………」

ほんのり赤面したまま、吉国は俯《うつむ》きがちに白柳の部屋を出た。

アパートを出て、駅に向かう人の流れに乗った。いつもの習慣でカードを自動改札にかざし、満員になる一歩手前の電車に乗り込む。

ほぼ無意識のうちに体をそうして会社に向けながら、頭の中は白柳のことでいっぱいだ。

(シロ……)

いい年をして色惚《いろぼ》けしているという自覚はある。こんなにも恋愛にのめりこんだのは三十五年間の人生で初だった。

まさかいまさら同性を恋人に持ち、全身で愛され、尽くされてめろめろになるとは――。おまけに、会社での評判まで変わるなんて。

「課長、おはようございます」

会社に到着してすぐ、若い女性社員に声をかけられた。

「……おはよう」

以前は二十代の女性社員から朗《ほが》らかに挨拶《あいさつ》されることなどなかった。みんなお義理程度で無《ぶ》愛想《あいそう》な挨拶だったのに。

「今日のネクタイ、とってもいいですね」

「そうか？　ありがとう」

ネクタイを褒《ほ》められ素直に礼を言ったら、その女性社員はぽっと頬を赤らめ、そそくさとどこかへ行ってしまった。

去り行く背中を不審に思いながら見送り、自分の席につく。すぐに別の女性社員がお茶を運んできてくれた。

「課長、どうぞ」

「ありがとう。いつも悪いね」

「いえ、そんな…」

お盆《ぼん》で顔半分を隠しながら、女性社員は給湯室に戻っていく。最近はこんな反応ばかりで、吉国はいったいどうリアクションを取ればいいのかわからない。

首を捻《ひね》りながら、淹《い》れてもらったばかりの緑茶を飲んだ。

「課長、あちこちで女の子を落としまくらないでくださいよ」

背後からこっそりと苦笑まじりの言葉をかけられて、思わずお茶を吹き出しそうになる。

入社十年目の塚本《つかもと》が後ろに立っていた。トレードマークの五分刈《ごぶが》りは、今朝も健在だ。

塚本は吉国が係長になったときから下についている。仕事はできるし、変にゴマをすったりしない飾り気のない男なので、吉国は気に入っていた。

「私は別に落とすつもりなんて」

言い訳をしようとした吉国だが、やれやれといった表情で塚本に首を振られ、黙った。

「自覚がないのはわかってますけど、以前のきっつい課長から、ソフトな課長になっちゃって、それがまた嫌味じゃないから、ギャップにやられちゃう子が結構いるみたいなんですよね。その気がないのなら、注意してください」

「……わかった」

忠告は素直に聞いておこうと頷《うなず》けば、塚本はため息をついた。

「ほら、そうやってやけに素直に。昔の課長なら『くだらん！』って怒鳴って終わりでしたよ」

そうかもしれない。

吉国を変えたのは、だれあろう白柳だ。白柳のおかげで愛されることを知り、尽くされる喜びを知り、感謝の気持ちを表現することを覚えた。

吉国は自覚がないままに変わった。他人を思いやるようになったのだ。かつての自分がどうだったのか、いまではもうわからないほどだ。

「……こんな私はダメか？」

「いえ、いいと思いますよ。仕事はあいかわらず冴《さ》えていますし、デキるところは変わっていませんから」

たしかに怒鳴る回数は減った。人にはだれにも失敗はあるし、能力や得意分野はそれぞれだ。頭ごなしに怒鳴ってもいいことはないと、いつのまにか吉国は寛容な上司に生まれ変わっていた。

「ただ、舐《な》められないようにしてくださいよ」

塚本は、こそっと小声で言ってきた。つい吉国も耳を寄せてしまう。

「課長の優しさに付け上がってライン超えしてしまう社員が絶対に出てきます。ぴしっと線を引かないと」

「……そうだな」

なるほどと、吉国は頷いてから自分のデスクについた。

（舐められないように、か……）

そういえば平社員から係長に昇進したばかりのころ、同期では管理職に一番乗りだったため、まわりに認められよう、馬鹿にされないようにと必死だった。

係長から課長に昇進したときには、もう吉国を舐めてかかる者はいなかったが、それは自分にも他人にも厳しくて、仕事においては妥協を許さず、社外でも忘年会や歓送迎会などの半《なか》ば公式行事以外では同僚や部下と飲むことがなかったからだろう。馴《な》れ合《あ》いたくなかったのだ。

親しくなれば団結力を生むことがあるが、反面、すべてをいい加減に終わらせてしまうなあなあ感も生まれてしまう。

（でもまさか、いまさらそんなことは……）

吉国はだれにも文句を言われない程度に職務を全《まっと》うしているつもりだ。管理職としては年相応になってきたし――……いまさら部下に舐められることはないだろう。

楽観視していた。

ところが、その日のうちに、まさに指摘されたのはこのことかと軽くショックを受けるような目にあった。

昼休み、オフィスの近くの定食屋で食事をとっていると、偶然、女性社員たちに会った。

「あれぇ、課長〜、こんなところで食べていたんですか〜」

「わぁ、課長が豚《ぶた》のしょうが焼き食べてる」

黄色い声に囲まれて、一瞬、フリーズした。混雑している店内の視線が集まってしまい、吉国は内心困惑する。

「課長、相席してもいいですか？」

「……ああ、どうぞ」

「失礼します〜」

四人掛けのテーブルを一人で使っていた吉国は、三人の女性社員に囲まれるかたちになってしまった。

わざわざ同じテーブルにつきたいと言われたのははじめてで、吉国は緊張のあまりギクシャクとしか箸が動かせない。

「課長、独身ってホントですか？」

いきなりプライベートな質問が飛んできた。

「あ、まぁ、そうだが……」

「信じられない～。こんなにカッコいいのに」

「私、狙《ねら》っちゃおうかな～」

くすくす笑いながら言われたら、冗談なのか本気なのか受け止めかねる。場所が場所なので、社交辞令として聞いておけばいいだろうか。

「一人暮らしですか？　どこに住んでいるんですか？」

「品川《しながわ》に部屋を借りている。一人だ」

「いいところに住んでますね～。一度、遊びに行きたいな」

「あー、ずるい、私も行きたい」

「私もー」

口々に「行きたい」と連発されて、吉国は辟易《へきえき》してきた。たいして親しくもない十歳ほども年の離れた女性社員を、むやみやたらと自室に招《まね》くようないい加減な性格ではないつもりだ。しかも、白柳という恋人がいる。いまのところ、彼以外の人間を部屋に入れるつもりは、まったくなかった。

吉国はとっととこの場を逃げたしたくなった。先に食べはじめていた吉国のプレートは、ほぼ空《から》になっているが、彼女たちの注文品は届いたばかりだった。

「じゃあ、私は先に社へ戻るから、君たちはゆっくりしていきなさい。払っておくね」

伝票を持って立ち上がると、すかさず三つの満開の笑顔が吉国に向いた。

「ありがとうございます〜」

「ご馳走《ちそう》さまです〜」

最初から奢《おご》ってもらうことが目的だったのかと問い詰めたくなったが、大人気《おとなげ》ないのでやめておいた。

四人分のランチ代を払い、妙に疲労を感じながら秋のオフィス街を歩く。

もしかして、これは舐められているのか……？　吉国は基本、「舐められる」ということは、同僚や年上の部下から軽んじられることだと思っていた。年下の若い女性社員に気安く話しかけられて煩《うるさ》くされることは、想定外だった。

さっきの女性社員たちは自分の部下だが、入社してまだ三年目あたりなので、吉国が直《じか》に接することは少ない。仕事を任せる社員の下について、細かな雑用やお茶くみをしてくれているはずだ。

彼女たちをまとめている中堅社員にひとこと言っておいてもいいが、それで態度が改まるとは思えない。

（すこし、気を引き締めないとダメか…？）

白柳の影響であまりにも腑抜《ふぬ》けていたかもしれない。若い女性社員たちに受けをよくするために丸くなったわけではないのだ。

（よし、言われたように気をつけよう）

吉国は深呼吸をすると、心も新たに背筋を伸ばしたのだった。


「ん、よし」

小皿で味を確認し、白柳はガスコンロの火を止めた。鼻歌とともにエプロンを外《はず》し、吉国が帰ってきたらすぐにでも盛り付けられるよう、食器をテーブルに用意しておく。

今夜のメニューは、ごぼうや里芋《さといも》をたくさん入れた根菜《こんさい》のゴマ味噌スープ、茹《ゆ》でたほうれん草の上に半熟卵を乗せたポパイエッグ、大根とホタテ貝柱《かいばしら》のクリーム煮だ。吉国に食べさせるときは、できるだけ野菜を取り入れるようにしている。

年齢のことは口にしないようにしているが、吉国は白柳より十歳も年上の三十五歳だし、責任ある管理職だ。体調を整《ととの》えるのも、自分の役目だと思っている。

「さーて、もうすぐ着くかな？」

仕事が終わったのでここに向かうというメールが入ったのは三十分ほど前だ。吉国の会社からの距離を考えると、そろそろだろう。

白柳はどきどきしながら、気を紛《まぎ》らわすためにテレビをつけた。付き合いはじめて一ヵ月。落ち着いてもいいころだと思うが、いまだに白柳に会うと鼓動が激しくなってしまう。

これが本当の恋なんだ――。十代のころにゲイだと自覚して以来、何人かの男と関係を持ったが、こんな気持ちになったことはなかった。本気で好きになって寝た相手もいたはずなのに、白柳とはぜんぜんちがう。いくら抱いても飽《あ》きないし、何度でも欲しくなる。

「昨夜もすごかった……」

白柳は吉国の痴態を思い出して、下半身をほんのりと熱くした。吉国は酔うとエロくなる。

「あんなにかわいくてエロい男は、幸一さんのほかには絶対にいないっ」

力いっぱい断言してもいい。

いつもは冷たく澄ましている顔を色っぽく上気《じょうき》させ、甘えたように寄りかかってこられたら白柳はもう我慢できない。男を受け入れることに慣《な》れてきた後ろに屹立《きつりつ》を埋《う》め込《こ》み、激しく抱いてしまう。昨日も吉国をよがり狂わせ、こんなに感度のいい体にしたのは俺だぞと喜びをこめて腰を使った。

「ああ、幸一さん」

心の中だけで名前を呼んだつもりだったが、声に出ていた。彼が愛しくてたまらない。

「外で飲まないようにして欲しいな…」

白柳がいないところであんな風に酔ったら、いったいどんなことになるのか。よくいままで何事もなかったものだ。

サラリーマンには断れない酒席というものがある。白柳自身も会社勤めなので、それはよくわかっていた。これから冬になり年末が近づけば、忘年会のシーズン。吉国が心配でならない。できれば付いていきたいくらいだ。

もし、吉国のかわいさに、白柳以外の男が気づいてしまったら、お持ち帰りされてしまうかも……白柳がそうしてしまったように。

想像しただけで暗い気分になった。いまの白柳には、吉国のいない生活は考えられない。

一ヵ月後に窓ガラスクリーニング選手権の全国大会が控えていたが、頭の中は吉国のことが半分以上を占《し》めている。会社ではそれなりに練習をして準備をしているが、二連覇《にれんぱ》を目指せと発破《はっぱ》をかけてくる社長のテンションにはついていけていない状態だった。

だがこんなこと吉国には話せない。真面目《まじめ》な社会人である吉国は、仕事が一番なのだ。恋愛にかまけて仕事が疎《おろそ》かになる男なんて、許せないだろう。

吉国に呆《あき》れられたり嫌われたりしたくなくて、白柳は「はりきって練習をしています」と言うしかなかった。

そもそも白柳は窓拭《まどふ》きという仕事が好きで、アルバイトから正社員になった。会社の薦《すす》めで選手権に出場し、前大会で運よく優勝してしまったが、権威だとか名誉だとかにはあまり興味がないのだ。今大会に向けてテンションが上がらないのは、恋愛のせいだけでなく白柳のもともとの性格も原因だろう。

だが大学中退の白柳を厚遇《こうぐう》してくれている社長の期待には、応《こた》えたいという気持ちもある。関東大会の勢いが取り戻せたら、もしかしたら二連覇も見えてくるかも——？

「そうだ……」

名案を思いついて、白柳はわくわくしてきた。

関東大会のときに並み居るライバルたちに勝てたのは、もちろん積み重ねた練習の成果もあるだろうが、大会会場にわざわざ来てくれた吉国の応援があったからだ。

あのときは直前に仲違《なかたが》いして、どん底まで落ち込んでいた。たぶん、あのままだったら実力を出し切れずに、悪い成績しか出せなかっただろう。

ところが吉国が会社を休んで駆けつけてくれた。仕事人間の吉国が有給休暇を取ってまで来てくれたという喜びがエネルギーになり、白柳は実力以上のものが出せたのだ。

最大のライバルである他社の黒田《くろだ》が好成績をおさめたあとだったから、そのプレッシャーを跳ね返す原動力にもなった。

吉国は、白柳の勝利の女神なのだ。

全国大会は北海道《ほっかいどう》で開催される。吉国はいっしょに行ってくれないだろうか。有給休暇を取ることなどめったにないらしいから、きっとまだ今年の分は残っているにちがいない。

吉国がそばにいてくれたら百人力だ。カッコいいところを見せたいし、なによりきっと楽しい。十一月下旬の北海道は寒いだろうが、まだ雪はそんなに降らない時期にちがいない。積雪で移動に困ることもないように思う。

白柳は北海道に行ったことがない。吉国はどうだろう。お互いにはじめてなら、ガイドブックを見ながら色々と話をしたい。

「すげ……、なんかヤル気が出てきた」

体がむずむずしてくる。窓拭きの練習をしたくてたまらなくなってきた。とりあえずストレッチでもしようかなと、ラグの上に足を投げ出したところで、ピンポーンと玄関の呼び鈴が鳴った。吉国だ。

「はーい」

白柳は慌てて玄関に駆けていった。

「お帰りなさい！」

満面の笑みとともにドアを開けた白柳は、目の前に暗い顔で立つ吉国を見て、ピキンと固まった。

「こ、幸一…さん？」

「…………お邪魔する…」

ぼそりと低く呟《つぶや》き、吉国は玄関に入ってきた。まるで幽鬼《ゆうき》のような様子に、会社でなにかあったらしいとすぐわかる。

端整な顔には、覇気《はき》がない。ここまで落ち込んだ吉国ははじめてだった。いったいなにがあったのか。

こんな状態でありながら、吉国は白柳の部屋に戻ってきてくれたのだ。一人になりたいなら自分の部屋に帰ればよかったのに。

「あの、ご飯の用意がしてあるんだけど、食べますか？　それとも風呂にします？」

「ご飯……そうだな、少し、食べようかな」

あまり食欲はないけど、と呟く吉国が哀れを誘ったが、言葉を尽くして慰《なぐさ》めても鬱陶《うっとう》しいだけかもしれない。白柳と吉国は年齢も職種も立場も違うのだ。

だから黙って白飯とスープをよそった。吉国が静かに食べはじめるのを、白柳はお茶を淹れながらちらちらと盗み見る。

こんなにも吉国を落ち込ませた出来事とは、いったいなんだったんだろう？　とても気になるが、本人が口を開くまで余計なことは言わないほうがいいにちがいない。吉国のプライドを傷つけたくはなかった。

吉国はゆっくりと時間をかけて食事をした。

あらかた食べ終わったころには、いくぶん顔色が良くなって、いつものように背筋が伸びていた。

「ごちそうさま。とても美味しかった。ありがとう」

両手を合わせたあと、ぺこりと頭を下げて礼を言われ、白柳はなんだか嫌な予感がした。

ごちそうさま、美味しかった、料理が上手だなと何度も言われてきたが、ありがとうと頭を下げられたことはなかったからだ。

最後の晩餐《ばんさん》じゃあるまいし……と、ふと不吉な言葉が思い浮かび、ぞっとした。

「あの、風呂に入ってきたらどうかな？　さっぱりしますよ」

「シロ、話がある」

かしこまった口調で切り出され、白柳は青くなった。話ってなに？　そんな真面目な顔で、深刻そうな声で、いったいなんの話？

「あー、えっと、風呂の後にしましょうよ。幸一さんが入らないなら、俺が先に入ってきていいですか？」

「ちょっと待ってくれ。話が済んでからにしてくれないか。それに、今夜は泊まらないから、私は風呂には入らない」

「えっ……」

泊まらない？　いままで会社のあとにこの部屋に来て、夕食を食べたあとに帰ったことなどなかった。その後はだいたい風呂に入り、ベッドで熱く抱き合うのが常《つね》だった。

「明日の朝が早いから、自宅の方が都合がいいとか、そういうことですか？」

「いや、そうじゃない。すまないが、しばらく会うのは控えようと思っている」

「そんな……」

どうして、どうして、どうして。今朝までラブラブだったのに、いったいどんな心境の変化があってそんな怖い結論に達したのか。

「俺が、なにか気に障《さわ》ることをしましたか？」

「いや、シロはなにも悪くない。私が……私が……」

吉国は顔を歪《ゆが》めて泣きそうになった。セックスの最中に泣かせたことはあっても、日常でこんな顔をさせたことはいままでにない。

白柳は慌てて両手をばたばたと振った。

「わ、わわわわかりました。わかりましたから、幸一さん、泣かないでください。その、理由を言いたくないなら、聞きませんから」

泣かせたくなくてそう言ったが、強がり以外のなにものでもない。会いたくない理由を聞きたいに決まっている。

そんな白柳の気持ちを察したのだろう、吉国はしばらく逡《しゅん》巡《じゅん》したあと、おもむろに口を開いた。

「……恥《は》ずかしい話だが、私はここまで恋愛にのめりこんだのははじめてなんだ」

「吉国さん……？」

「かつての私は職場では厳しい上司として恐れられていた。だが君とこういうことになってからは、どうも性格が丸くなったようで、部下や同僚に対して優しく接するように変わってしまった。意識的にやっていたわけではないから、これは周囲の感想なんだが……」

吉国は沈痛《ちんつう》な面持ちで歯切れ悪く語る。

「それで最近、どうも部下に舐められているようで、正直、戸惑《とまど》っている。私としては、いったいどうしたら元に戻れるのかわからない。とりあえず、君と会う機会を減らしてみて、様子を見ようと思うんだ」

性格が丸くなって優しくなったら部下に舐められる——そんなの白柳にはどうすることもできない。愛して尽くすことが吉国に悪い影響を与えたということなのか？

いったん距離を置いてみて、状況が改善されなかったらどうするつもりなのだろうか。

「……それは、将来的には、俺と別れるってことですか……？」

愕然《がくぜん》としながら白柳が呟くと、吉国は焦《あせ》った様子で否定してくれた。

「いや、そこまでは考えていない。私にとって君はかけがえのない存在だから、なくしてしまうことなんて、そんな、耐えられない」

そう言ってもらえて、白柳はとりあえずホッと安堵《あんど》した。

たぶん――吉国は混乱しているのだろう。恋愛をして優しくなったせいで部下に舐められるようなことになり、どうしていいかわからなくなったというのは本当にちがいない。白柳と距離を置くのも、おそらく暫定的《ざんていてき》なことで、気が済めば関係は元に戻る……と思いたい。

本当なら、こんな話に頷けない。吉国のように立派な上司を舐めるような社員はクビになってしまえばいいと思う。だがそんなことは言えない。子供のようなワガママをぶつけるマネはしたくなかった。

吉国に合わせて大人の対応をしなければならない。邪魔な存在には絶対になりたくなかった。

「わかりました。幸一さん」

精一杯のやせ我慢で、白柳はにっこりと笑顔になってみせた。

「シロ……」

「俺も全国大会の練習があるし、ちょうどよかったです。じゃあ、しばらくはお互いに仕事に集中するということで、あまり頻繁《ひんぱん》に会わないようにしましょう」

「シロはそれでいいのか？」

言い出したのは吉国のはずなのに、とても寂《さび》しそうな顔をされて、白柳の決意がぐらぐらと揺《ゆ》らいでしまいそうになる。

「幸一さんに会えないのは嫌ですよ。でも、幸一さんのためになるなら我慢します。連絡がくるのを、待ってますから」

「すまない。ありがとう……」

吉国にぎゅっと手を握《にぎ》られて、白柳は抱きしめたい衝動を必死でこらえた。いま吉国を抱きしめてしまったら、なにもせずに帰すことはできそうになったから——。


空が青い。窓ガラスの向こうに広がる秋の空は、抜けるような青だ。白柳《しろやなぎ》はいまもどこかのビルの窓を拭《ふ》いているのだろうか。

吉国《よしくに》は恋人の仕事に思いを馳《は》せる。

「課長」

呼ばれて吉国は振り返った。部下の男性社員が書類を手に立っている。手渡されたそれに目を通しながら、ため息が漏《も》れそうになるのを我慢した。

距離を置きたいと言ってから一週間がたった。一日に一度だけ、白柳からは「おやすみ」メールが来る。自分のわがままで会わなくしているのに、吉国は物足りなくてたまらなかった。

つまり、寂《さび》しいのだ。

「ここと、ここが間違っている」

白柳のことを考えながらも、吉国はきっちりと書面に視線を走らせ、ペンでチェックを入れた。

「こんな初歩的なミスは君らしくないな。居眠りでもしていたのか？」

白柳に会えないイライラが、つい態度に表れてしまう。じろりと下から見上げると、部下は顔を強張《こわば》らせた。

「すぐに直せ。五分でできる」

「え……、それはちょっと……」

「やれ。できるはずだ」

「……はい」

やりとりが聞こえる範囲のデスクについている社員たちが、ぴしりと凍《こお》りついていた。

ここのところ吉国の甘さが控え目になって、以前の厳しさが戻ってきたらしいと、部下の間ではもっぱらの評判だ。軽々しく話しかけてくる女性社員は減り、当初の目論見《もくろみ》は成功したと言える。

だがこんな態度が果たして正解なのかどうか、吉国は疑問に思わないでもない。自分を律《りっ》し、部下たちにラインを引かせ、仕事の正確さを求めるのとは、違う気がする。

白柳に会えない苛立《いらだ》ちを八つ当たりしているようなものだからだ。この寂寥《せきりょう》感《かん》と欲求不満には、そのうち慣《な》れるのだろうか……？

「……はぁ……」

吉国の口からは、どうしてもため息ばかりがこぼれる。あとどれだけ我慢して会わなければいいのか、見当がつかないから余計に落ち着かないのだろう。期限を決めるか？　でもそんな見極めは、いったいどうやってなにを基準に？

悩んでも悩んでも、答えは浮かんでこなかった。

ストップウォッチを持っている先輩社員が、タイムを見て肩をすくめた。良くなかったのは、やっている白柳《しろやなぎ》自身が一番わかっている。

「今日はもうやめよう」

「え、でも……」

「いくらやっても悪くなるばかりだから、すこし休んだほうがいい。根《こん》をつめすぎるのもよくない」

ぽんぽんと宥《なだ》めるように肩を叩かれ、白柳はうな垂《だ》れながらも頷《うなず》いた。

「じゃあ、また明日」

「ありがとうございました」

先輩社員が会議室を出て行く。

全国大会に使用されるものとおなじサイズのガラスを前に、白柳はぼんやりと立ち尽くす。

地区大会の上位六位までが出場する全国大会は、実績や地区予選の結果は一切考慮されないイッパツ勝負のタイムトライアルだ。競技内容は予選と同じ。全国各地で出場権を得た窓拭《まどふ》き職人が日夜練習に励《はげ》んでいることだろう。

北海道《ほっかいどう》の全国大会まで、あと三週間を切った。だが吉国《よしくに》と会わなくなってからというもの、練習にまったく身が入らず、タイムは悪くなるばかり。これでは二連覇《にれんぱ》どころか、入賞も危《あや》うい。

仕事のあと、練習に付き合ってくれている先輩社員にも申し訳がなくて、白柳はがっくりとしゃがみこんだ。

いまごろ吉国はどうしているだろう。残業を終えて家路についたころだろうか。きちんとご飯を食べているかどうか、とても気になる。忙しいとつい食事を抜いたり、サプリメントで済ませたりしてしまう人だから。

「ああ～……もう、耐えられない……」

ご飯を作ってあげたい、風呂の用意をしてあげたい、背中を流してあげて、ついでにイチャイチャしたい。

そう、とにかくイチャイチャベタベタしたいのだ。吉国のリラックスしたかわいい顔を見たい。快感に切なく歪《ゆが》んだ顔も見たい。イッたあとの壮絶に色っぽい泣き顔も見たい……なんて考えていたら、下半身が危ない状態になりそうで慌てた。

白柳は勢いよく立ち上がり、練習用のガラスや道具をテキパキと片付けた。会社の会議室でひとり悶々《もんもん》としていても仕方がない。

更衣室で作業着から普段着に着替えた。仕事中は常《つね》に支給される青い作業着を着用するため、通勤時はラフな格好でかまわない。パーカーとジーンズという服装で会社を出た。

さて…と夜の街を見遣《みや》る。まっすぐ帰るのは嫌なので、今夜はひさしぶりにちょっと飲んで帰ろうか。どこで飲もうかな。吉国にあとで知られてもかまわないところで飲んだほうがいいだろうか。二丁目の行きつけのバーに、たまには顔を出したいなと思ったのだが、どうしよう。

とりあえず歩き出した白柳は、しばらくして呼び止められた。

「おい、白柳じゃないか？」

聞き覚えがあるようなないような男の声に、振り返った。スーツ姿の大柄《おおがら》な男が手を振りながら近づいてくる。知り合いにいただろうかと首を捻《ひね》り、「あっ」と思い出した。

スーツではなくジャージ姿なら、過去に何度か見ている。

「もしかして、黒田《くろだ》さんですか？」

「もしかしなくても、そうだよ。こんなところでなにを……って、そうか、おまえんとこの会社、この近くだったな」

黒田は屈託《くったく》なく笑いかけてきて、白柳を戸惑《とまど》わせた。窓ガラスクリーニング選手権の関東大会で会って以来だ。会ったといっても、私的な会話はほとんど交わしていない。

黒田だけでなく、白柳はほかの競技者とあまり親しく会話しないようにしていた。会社の社長と同僚が応援に来ている手前、ライバルと馴《な》れ合《あ》うのはよくないと判断してのことだ。黒田の方から話しかけられたこともない。

白柳が選手権に初出場した二年前まで、黒田は関東地区では敵なしだったらしい。実際、キャリアは黒田の方が長い。過去に、全国大会での優勝経験もあった。

白柳の登場で、業界では「白黒対決」などと騒がれてしまい、てっきり黒田には存在を煙《けむ》たがられていると思っていた。街で気安く声をかけられて、どんな顔をしていいかわからない。

「なんだよ、その幽霊でも見たような顔は」

「あ、いや、すみません。黒田さんがこんなふうに話しかけてくれるとは思ってもいなかったもので……」

「そりゃそうか。大会会場じゃ、できるだけ話さないようにしているからな。やっぱ白黒対決って盛り上がっているところに水を差しちゃマズイだろう？」

黒田は強面《こわもて》に悪戯《いたずら》っ子のような笑みを浮かべる。愛嬌《あいきょう》のある表情に、想像していたのとは違う性格らしいと、白柳は驚いた。

「いまから帰るところか？」

「ええ、まあ」

「俺も仕事が終わったところだ。晩飯《ばんめし》がまだなら、ちょっと付き合ってくれないか」

思いがけない誘いに、白柳は断る理由もないので受けることにした。

「よし、じゃあ美味《うま》いやきとりの店に連れて行ってやる」

嫌われていないのならライバル関係など横において、これから親しくなりたい。窓拭き職人としては先輩になるわけだから、色々と聞きたいことがあった。

その後すぐにタクシーを拾い、十五分ほど移動したところで下り、黒田お勧《すす》めの店に入った。

使い込まれたカウンターの向こうでは、仏頂面のオヤジが黙々とやきとりを焼いている。店内は狭《せま》いが盛況で、お勧めと言うだけあって、とても美味《おい》しかった。

話はやはり業界ネタが中心になる。ビールで喉《のど》を潤《うるお》せば、わだかまりなく話は弾んだ。

ひととおり情報を交換しあったあと、おもむろに黒田が探りをいれてきた。

「全国大会まであと三週間くらいになったが、練習してるか？」

「してますよ。今日も、仕事のあとにやってました」

あまり順調ではないと、馬鹿正直に告げる必要はないだろう、白柳は作り笑顔で答える。

「そうか。俺はあまり練習する時間が取れなくて、かなり焦《あせ》っている」

「え………」

意外な告白に、白柳はまじまじと黒田を見つめた。日焼けしたいかつい顔に苦い笑いを浮かべ、黒田は大きなため息をつく。

「おまえ、まだ二十代の半《なか》ばだったな。俺はもう三十六だ。実は去年、営業部長なんていう肩書きがついちまって、現場からは離れている」

だからスーツ姿なのかと、白柳は腑《ふ》に落ちた。黒田はカウンターに頬杖《ほおづえ》をつき、どこか遠くを見る目になった。

「窓だけ拭いてりゃいいころは楽だったよ。会社は小さいが、部長なんて役職につくと色々な面倒ごとが多くて神経を使う。中間管理職だからな。上からも下からもごちゃごちゃ言われて、疲れるったらないさ」

会社の規模も役職名も違うが、吉国とおなじような管理職についている黒田の愚痴《ぐち》を、白柳は黙って聞いた。

「二年前の大会で優勝できなかったから、会社の方が『もういいだろ、そろそろ下を育ててくれ』なんて言ってきて」

「それは……すみません」

黒田から現場を奪ったのは白柳だったらしい。だが現場を離れ、満足に練習できなくても関東大会では他を圧倒する成績をおさめていた。白柳がかろうじて勝てたのは吉国の応援にテンションが上がったからだ。

黒田の技術力と体力、精神力は、やはりズバ抜けているのだろう。あらためて、尊敬に値する先輩だと感心する。

「おまえが謝ることはないさ。俺の実力不足だ。正直、勝てなかったのは残念だったが、有望な新人が出てきたことはうれしかったんだから」

「黒田さんにそう言ってもらえると、ヤル気が出てきます」

「なんだよ、ヤル気がなかったのか？」

揶揄《やゆ》する口調で揚《あ》げ足《あし》を取るように言われ、白柳は一瞬、口ごもる。さすがに黒田はそこを見逃さず、先輩らしく鷹揚《おうよう》に頷いた。そして白柳のグラスに瓶《びん》からビールを注《つ》いでくれる。

「さっきは順調そうなことを言っていたが……なにか悩みでもあるのか？」

詰問口調ではなく、さすが管理職なのか、やんわりと話を促《うなが》すように押してくる。

悩みと聞いて、すぐに吉国の顔が思い浮かんだ。付き合いはじめてからは頻繁《ひんぱん》に会っていたのに、もう一週間以上も顔を見ていない。メールはしているが電話は控えているため、声も聞いていない。

会いたくて、抱きしめたくてたまらなかった。悩みはそれに尽きる。

吉国のことは、親しい同僚にも、ましてや上司にも打ち明けていない。自分がゲイであることは否定しないし、一生結婚などしないつもりでいるが、会社でカミングアウトすることとは別だと思っている。

ただ、ここしばらくの様子から、どうやら恋人ができたらしいとは感づかれているようだった。

「なんだよ、その情けないツラは。悩みは女か？」

女という単語にギクリと反応してしまい、黒田にニヤリと笑われた。いや、女ではなく男ですとは言えなくて、白柳は動揺《どうよう》して目を泳がせる。

「そうかそうか、女か。若いからな、そういうこともあるか。しかたがないな」

「いえ、あの……」

「付き合っているのか？　それとも片思いでもしているのか？」

黒田は包容力を感じさせる大人の笑みで、ほら話してみろと背中をトンと叩いてきた。

これは触《さわ》りの部分だけでも話さないと帰してくれそうもない。白柳は言葉を選びながら打ち明けてみた。

「……付き合っている人は、います」

「上手《うま》くいっていないのか」

「いえ、そんなことはないんですが……じつは距離を置きたいと言われて」

相手が同性であることは伏せれば、問題はないだろう。

「距離を置きたいって、どうしてだ」

「仕事ですよ。いくつか年上で、仕事に情熱を燃やしている人なんで、恋愛にかまけていられないから少し会わないでおこうと」

ははぁ、としたり顔で黒田は顎《あご》を撫《な》でた。

「年上のキャリアウーマンか。それは強敵だな。いくつか年上って、いくつだ。三十代か」

「そうです。黒田さんよりは下ですけど」

さっき三十六だと言っていたから、吉国は一つ年下の三十五歳だ。十歳も年上だと明かしたら驚かれそうだったので、そこまでは言わないことにした。

「三十代で結婚を迫らずに仕事を取るってことは、おまえ、そりゃ望みナシだぞ。男としてぜんぜん頼りにされていない」

グサリと心に突き刺さる遠慮のないセリフに、白柳は実際、胸を手で押さえてカウンターに突っ伏した。

「頼りにしてほしいとまでは言いませんけど、せめて会ってほしいんです。会って顔を見て話さなくちゃ、繋《つな》がっているはずの気持ちが離れていきそうで……」

「そんなに好きなのか」

「……離したくないくらいには」

「そっか」

グラスに注がれたビールを、白柳は半ば自棄《やけ》になって一気に飲み干した。

「会いたくて、でも向こうの気持ちを無視して会いに行くことはできなくて、いまごろなにをしているのかとか、どんな仕事をしているのかとか、そんなことばかり考えちゃうんです。気が散って、練習に集中できないし、最悪です……」

触りだけと思っていたのに、ついうっかり心情のかなりの部分まで吐露《とろ》してしまっていた。

思いがけず聞き上手な黒田の雰囲気と、アルコールのせいだろう。

「そうか、脳天気そうに見えて、おまえも一丁前に男としての悩みがあったんだな」

「脳天気そうって、ひどいです」

黒田はあはははと大口を開けて笑い、白柳の髪をくしゃりとかきまぜた。

「そんなに辛《つら》いなら、彼女に正直に訴えたらどうだ。年上の女なら、年下の彼氏の甘えを受け止めてくれるんじゃないのか?」

「そんなの、受け止めてくれなかったらどうするんです」

「自棄酒には付き合ってやるさ」

「それ嫌です」

白柳がぐだぐだになればなるほど、黒田の笑いは大きくなっていった。

結局、終電間際まで飲み、黒田は愚痴を聞いてくれた。そしてお互いの携帯番号を教えあって別れたのだった。


会議室から廊下に出た吉国《よしくに》は、ふと向かいに建つビルを見遣《みや》って足を止めた。

ゴンドラが屋上から下ろされ、作業員が窓拭《まどふ》きをしている。一瞬、白柳《しろやなぎ》はいないかと探してしまったが、遠目で人物の判断は無理だし、作業服の色が青ではなく白色だ。

きっと白柳の会社ではないだろう。残念に思ってしまった自分に苛立《いらだ》ち、吉国は振り切るように視線を廊下に戻した。

会わなくなってから二週間が過ぎた。あの屈託《くったく》ない笑顔を見たい。力強い腕で痛いほどに抱きしめてもらいたい。飢《う》えに似た欲求はひどくなるばかりだ。

昨夜はつい白柳とのセックスを思い出して勃《た》たせてしまい、右手で処理をした。終わったあとの虚《むな》しさといったらない……。

白柳はどうしているだろう、こんなふうに自分で処理をしているのだろうか、まだ若いから右手だけでは我慢できなくて、どこかでだれかを誘っていないだろうか——とめどなく悪い方向へ思考が動いてしまい、自己嫌悪のあまり気分が悪くなった。

やはり精神衛生上、無理はよくない。会いたいのに会わずにいることが、だんだん無意味に思えてきた。

職場ではかつてのように恐れられている。だがそれは仕事に厳しいからではない。いつヒステリーじみた怒りを爆発させるかわからないからだ。

白柳不足で、沸点《ふってん》が低くなってしまったにちがいない。ささいなことで切れてしまい、声を荒らげることが多くなっていた。

せかせかと歩いていた吉国は、エレベーター前の休憩スペースで立ち止まった。自動販売機の横にあるベンチに、体を投げ出すようにして座る。

もう限界かもしれないと、素直に認めようか。

女性社員にちょっと舐《な》められたからどうだと言うのだ。そんなもの、上手《うま》くあしらう方法を考えればいい。以前のようにぎすぎすした自分に戻っても、なんの益《えき》もないじゃないか。

(シロに……会いたい)

いまここに白旗《しろはた》があったら、吉国は思いっきり振り回したいくらいだ。

今日あたり、仕事が早く終わったら連絡を取ってみようか……と考える。吉国から言い出したのだから、終了宣言も自分がしたほうがいいだろう。

(……あれ?)

気がつくと胸の重しが取れたように清々《すがすが》しい。白柳に会おうと決めたとたんに、ストレスが激減している。やはり白柳がいなければ、自分はきっと駄目なのだ。

メールだけでも打っておこうかと、ポケットから携帯を取り出したところだった。

「ああ、こんなところにいたのかね、吉国君」

「部長」

直属の上司が吉国を見つけて笑顔になっている。太り気味の体をゆすり、「ちょっといいかな?」と近付いてきた。吉国がまだいいとも悪いとも返事をしていないのに、腕をむんずと摑《つか》み、一番近い小会議室に連れ込む。

「なんでしょうか、部長」

内密にしなければならない仕事の話だろうか。それにしては部長の表情が柔らかい。

「君、もう三十五歳だったよね。一人暮らし歴はそうとうだろう。そろそろ家庭を持ったらどうかね」

ああ、そういう話か、と吉国は脱力した。

「部長、私は一人でなんでもできますから、特に不自由を感じたことはありません。第一、女性に家事をやらせるために結婚するなんて、いまどき時代錯誤ですよ」

「それはそうだが、君にいい話があってね」

部長は上着の内ポケットから封筒を取り出した。

「見るだけ見てごらん」

封筒の中には、便箋《びんせん》一枚と、写真が入っていた。便箋には女性の名前と生年月日、略歴などが書かれ、写真には優しそうな笑顔の女性が写っている。いわゆる見合い写真という体裁《ていさい》はとっていないスナップ写真だが、あきらかに素人《しろうと》の手によるものではないとわかった。人の手に渡る目的で撮られた写真だ。

「なかなかきれいな子だろう？　しっかりした家庭で育てられた、信頼のできる子だぞ」

「そうですか」

「いま二十八歳。三十五歳の君とは、ちょうどいい組み合わせじゃないか」

カードゲームじゃないのだから、いい組み合わせなどと言われて決められたらたまらない。写真と釣《つ》り書《が》きを返そうとしても、部長は両手を後ろにまわして胸をそらしている。故意にそうしているのだろう。

「三十歳までに結婚したくて、いまどきの婚活というものをしているそうだ。丈夫な子供を産んでくれそうだろ」

世の女性が聞いたら怒りそうな発言ばかりの部長に、吉国はため息をついた。

「私は当分、結婚するつもりはありません。申し訳ありませんが、この話は……」

「会ってみるだけでも会ってみたらどうだね。本当にいい話なんだぞ」

「ですが」

「会ってみたら結婚したくなるかもしれないだろう。結婚はいいぞ」

部長はにこにこ笑顔を振りまいている。確かに、この部長は愛妻家で有名だった。幸福な家庭を築《きず》いているのだろう。

「いま付き合っている女性はいるのか？　いるなら、別の女性と見合いしたくないのは当然だ。そんな不誠実なことはしちゃいかん」

付き合っている女性はいない。男ならいるが……ここで部長にカミングアウトするつもりはなかった。

白柳への愛情を禁忌《きんき》と思っているわけではないが、自分たちがどうやって出会い、どんな葛《かっ》藤《とう》の末に結ばれたかという事情をまったく知らない人間に、この関係を侮辱《ぶじょく》されたり批難されたりしたくなかったのだ。

「付き合っている女性がいるなら、隠さずに言ってくれ。見合いを部下に強要するつもりはないんだ」

恋人がいると言ってしまうと、それはそれで面倒なことになりそうだった。粘《ねば》り強《づよ》い仕事ぶりが評価されている部長のことだ、相手が明らかになるまでしつこく追及し続けるだろう。

「……いま、付き合っている女性はいません」

嘘は言っていない。

「そうか！　ならばいいじゃないか。会ってみれば」

部長は手を叩いて大喜びだ。まるで祭りが来たとはしゃぐ子供のように。

「絶対にいい子だから、私が保証する。会ってみてくれよ。実は君の写真をすでに先方に渡してあってね、気に入られてしまっているんだよ」

「はぁ？」

吉国は唖然《あぜん》と部長の顔を見つめる。バツが悪そうにしながらも、部長は笑っていた。

「こっそり携帯で撮らせてもらったんだ。許可を得ずに、悪かったな」

微塵《みじん》も悪いと思っていない態度で、部長は頭髪の薄い頭をかりかりと掻《か》く。

「君のことだから、最近撮った写真なんてないだろう？　どうせ携帯かなにかで撮るなら、私が先にやってあげればいいかと思って」

やってあげれば、とは？　そんなことは頼んでいない。

「まぁ、とにかく、会ってくれ。来週の日曜日だから」

「なにが、ですか？」

「見合いだよ、見合い」

「来週の日曜？　いきなり日程が決まっているんですか」

「うちの家内が乗り気でね。ぜひPホテルの限定ランチを食べたいんだそうだ。もう予約してあるから」

なんだそれは。いったいどうなっているんだ。ランチが食べたい？　見合いの意味は？　吉国の立場は？

「……ちょっと待ってください。部長の奥様が間に入ってくださるってことですか？」

「この娘《こ》、僕の姪《めい》なんだよ」

部長は得意そうに胸を張って、そう言った。

昼休みに吉国から「今夜、会いたい」というメールが入ったとき、白柳は飛び上がらんばかりに喜んだ。何度もメールを読み返す白柳は、そんな自分を会社の同僚たちが「ずっと待ってた彼女のメールが、やっと来たらしい」と苦笑しながら眺《なが》めていることにも気づかない。

すぐにOKの返信をし、白柳はあれこれと夕食の献立を考えはじめた。

会わないでいた期間、吉国はきっと外食ばかりだっただろう。できるだけ野菜を食べさせなくては。

でも部屋に来られる時間は、いつものごとく仕事のせいではっきりしないらしい。秋も深まってきたことだし、今夜のメニューは鍋《なべ》にして、吉国が来たらすぐ用意ができるように材料を揃《そろ》えておけばいいかもしれない。

どんな鍋にしよう。シンプルに水炊《みずた》き？　それとも温まるようにキムチ鍋とか。

ああ、楽しい……。吉国のために料理に悩むのは、なんて楽しいのだろう。

ついつい携帯を握《にぎ》りしめたまま、うっとりと目を閉じてしまう。同僚の気の毒そうな視線は感じないことにしておく。

昼休み終了間際に、また携帯が鳴り、今度は電話がかかってきた。黒田《くろだ》という名前が表示され、白柳は慌てて人気《ひとけ》のない場所まで移動する。

ライバルの黒田と親しくしていることを、全国大会が終わるまでは、会社の人間にはとにかく黙っておこうと決めていた。

「もしもし、白柳です。黒田さん？」

『よう、元気か？』

「まあまあ元気です」

『今夜、一杯どうだ。めずらしく早く上がれそうなんだ』

せっかくの誘いだが、吉国のメールの方が早かった。もし黒田の電話が先だったら、白柳はためらうことなく受けていただろう。律儀《りちぎ》な白柳は、たとえひさしぶりに吉国に会えるというチャンスでも、先に約束していたら黒田を優先する。

「すみません、今夜は先約が……」

『なんだ、例の女か？』

「ええ、まあ……」

『あれだけ愚痴《ぐち》っておいて、ちゃんとデートしているんじゃないか。ただの惚気《のろけ》だったのか？真剣に聞いてやって損《そん》したな』

「えっ、いや、惚気なんかじゃないです。黒田さんに話したときは本当に色々と悩んでいて……。さっきひさしぶりに会おうっていう連絡が来たんです」

『そうか。まあ、良かったなと言っておこう。とりあえず』

含みのある口調に、白柳はなんとなく不安感を煽《あお》られた。

「……なにが言いたいんですか」

『別に――。ただ、別れ話でなければいいなと思っただけだ』

そうか、その可能性もあったか！

白柳は浮かれていた自分に、しっかりしろと活を入れたくなった。

会いたいという一言で舞い上がっていたが、なぜ会いたいのか理由まではメールに書かれていない。もしかしたら別れ話の可能性もあるのだ。

吉国は仕事に情熱を傾《かたむ》けている超真面目《まじめ》な男だ。白柳の存在が邪魔だと思ったら、切って捨てるくらいの潔《いさぎよ》い決断をしそうで怖い。

『おい、どうした？　黙っちまって……。別れ話かもっていうのは、冗談だぞ。本気で落ち込むなよ』

黒田か気遣《きづか》わしげな声で慌てたように言ってきた。基本的に人がいいのだ。悪人にはなりきれない。

白柳は寂《さび》しく苦笑した。

「黒田さん、もし悪い話だったら、自棄酒《やけざけ》に付き合ってくれますか」

『ああ、もちろん。いつでも言ってくれ。かわいい後輩のためなら時間を作るさ。いくらでも愚痴を聞くぞ』

「ありがとうございます」

次回の約束をすることなく、通話は終了した。携帯を再び握って、白柳はため息をつく。

たとえ吉国が別れたいと言ってきたとしても、白柳はそう簡単には頷《うなず》かないつもりだ。

できるだけ吉国の邪魔にならないように、負担にならないように、いい子にしているから付き合いは続けていきたいと訴える。もし同性に抱かれることが嫌になったなら、セックスを我慢するという妥協案も出そう。

大きなため息がこぼれる。

吉国はもともとノンケだ。盛り上がっている期間はいいが、一度、違和感を抱いたら嫌になってしまうことだってあるだろう。

下手に距離を置かないほうがよかったのではないか。いまさらながら、後悔が押し寄せてくる。

もしセックスが嫌だと言われたら、とりあえず我慢するが……吉国を抱けないのは辛い。白柳が丹精《たんせい》こめてかわいがってきたせいか、最初から敏感だった吉国の体は、最近ますます良くなってきていたのだ。極上の快楽を知ってしまった自分の体が、はたしてどこまで耐えられるかわからない。けれど吉国の気持ちは無視したくない。吉国を愛しているから——。

セックスを我慢することで吉国を失わなくてすむのなら、会う前に三回くらい右手で抜くくらいしてみせよう。

恋愛はセックスがすべてではないのだからと、自分に言い聞かせる。

「ああ、幸一《こういち》さん………」

いまは、今夜の話が別れ話でありませんように……と祈ることしかできなかった。

ひさしぶりに訪問するからか、吉国はドキドキしながら白柳の部屋のインターホンを押した。

「いらっしゃい、幸一さん」

白柳の爽《さわ》やかな笑顔が出迎えてくれて、吉国はもう何十回と見たはずの顔にいまさらながらカーッと赤くなってしまった。

「お、お、お邪魔する……」

どもってしまい、内心キャーッとわめきながら冷静を装《よそお》って玄関に入る。室内からは出汁《だし》のいい匂《にお》いが漂《ただよ》ってきた。

「そろそろ寒くなってきたので、鍋なんかどうかなと思いまして」

テーブルの上にはカセットコンロと土鍋が置かれ、その横には白菜《はくさい》や春菊《しゅんぎく》、葱《ねぎ》などの野菜がザルに盛られていた。さらに、手作りらしいつみれが出番を待って、ボウルの中で鎮座《ちんざ》ましましている。

こんなふうに人の家のテーブルで鍋をつつくなんて、学生時代以来のことだ。わくわくしてくるし、白柳特製の出汁とつみれは、絶対においしいにちがいない。

吉国はスーツの上着を脱ぎ、さっそくテーブルについた。期待を隠すことなく鍋を覗《のぞ》いていると、すぐに白柳がコンロに火をつけて調理をはじめてくれる。

慣れた菜箸《さいばし》さばきを披露《ひろう》してくれる白柳は、なぜかちらちらと物言いたげな視線をよこしてくる。

「なんだ？」

「いえ、あの、春菊は嫌いじゃないですよね」

「大好きだ。今夜用意されている食材で、嫌いなものはないから大丈夫」

「そうですか、それはよかった……」

白柳は乾いた笑いをこぼし、ふっと目を伏せる。どうしたのかなと疑問が湧《わ》くが、煮えた野菜から取り皿に乗せられ、「どうぞ」と言われればそちらに意識が移ってしまう。

「いただきます」

はふはふと口に運び、その美味《おい》しさに感動した。鍋の店に行っても、こんなに美味しくはない。白柳がなんでもできることに加えて、恋人である吉国のために作ってくれたものだから、とても美味しいのだ。

「美味しい、すごく。シロは料理の天才だな」

「鍋なんて、野菜を切って入れるだけじゃないですか」

「でも、この出汁とつみれはシロが作ったんだろう？　すっごく美味しい」

「あ、ホントだ。美味しい」

白柳は自分も取り皿から一口食べ、笑顔になる。その笑みに、吉国はハッとした。これが自然な表情だとわかったからだ。

　ということは、吉国がこの部屋を訪《おとず》れてから、ずっと白柳は装った笑顔を浮かべていたということか。

　部下に舐《な》められたくないからなどという理由で会わないでいたことが、白柳を傷つけていたのだ――。

　愛情が本物だからこそ、距離を置くという吉国の希望を受け入れざるを得なかった白柳の気持ちを思うと、自分はなんて駄目な男なのだろうと落ち込みそうになる。

「どうかしました？」

　急に箸の動きが鈍《にぶ》くなった吉国に、白柳が気遣わしげな目を向けてくる。

「あの………」

　どうしよう、いまここで謝ってしまうか。後回しにするのは、よくないように思う。吉国は箸を置き、居住まいを正した。そして両手を膝《ひざ》に置き、ぺこりと頭を下げる。

「シロ、すまなかった」

「そ、それはどういう意味の、すまなかったですか」

「会わないでいようと言ったり、会いたいと言ったり、私はすごく自分勝手だ。シロを振り回しているよな。すまなかった。もうこういうことはしないと誓う」

　頭を下げたまま潔く謝り、白柳からのリアクションを待つ。なにも言ってくれないことに、ふと不安が生まれ視線を上げれば、白柳はこちらを見つめたまま口を開けて茫然《ぼうぜん》と固まっていた。

「シロ?」

「あ……、いや、幸一さんがいきなりそう来るとは思ってもいなかったから……。ちょっとびっくりしました」

白柳はひとつ息をつくと、箸を置いた。

「つまり、会わないで距離を置く期間は終了ということでいいんですね?」

「シロがよければ、終わりにしたい」

「いいに決まっているじゃないですか」

白柳はほっとしたような笑顔を見せると、さっと立ち上がって冷蔵庫を開け、缶ビールを出してきた。

「乾杯しましょう。はい、どうぞ」

一本渡されて、吉国は複雑な気分になる。白柳の前で飲むと、かならず悪酔いしてエロくなってしまう。

今夜はたぶん恋人らしい時間があるだろうなと予想していたが、箍《たが》が外《はず》れた自分のあまりの奔放《ほんぽう》さに毎朝落ち込む吉国としては、喜んでぐいぐい飲むことは躊躇《ちゅうちょ》する。

吉国がためらっていると、白柳がいそいそとプルタブを開けてくれる。うれしそうな白柳を見ているとこの場は乾杯して飲んであげたほうがいいんだろうなと思うが――。

「飲みましょうよ。乾杯～！」

白柳はひとりでごくごくと飲みはじめた。とても美味しそうに飲むので、吉国も飲みたくなってしまう。

「………一本だけだぞ」

一応、そう断っておいてから、「乾杯」と掲《かか》げて缶に口をつけた。

気がつけば、テーブルには空《あ》き缶がずらりと並んでいる。土鍋の中身はあらかた二人の腹に消え、残っているのは酔っ払いだけだ。

ふらふらと立ち上がった吉国を、白柳がすかさず横から支えてくれる。

「シロ、シロ～」

「はいはい、こっちですよ」

なにも言っていないのに、ベッドへと誘導された。倒れるようにベッドに横たわる。

「シロのベッド～」

ひさしぶりの白柳のベッドの感触に、吉国はうっとりと目を細める。シーツは洗濯された清潔なものだが、なんとなく白柳の匂いがした。

「幸一さん、風呂はどうしますか？　このままでいいですか？」

「うー……ん、面倒くさい……」

白柳の手によってネクタイがするりと抜かれる。ワイシャツのボタンをぷちぷちと外され、吉国は余裕のない顔つきになっている白柳を見上げた。

「シロ、カッコいい」

男っぽくて、いい顔だと思う。

「照れるようなことを言わないでください」

「だって、カッコいいから」

「幸一さん、北海道《ほっかいどう》って行ったことありますか？」

いきなりの質問に、吉国は首を傾《かし》げた。

「北海道は……ない」

「いっしょに行きませんか」

「旅行？　シロと？」

「全国大会についてきてほしいんですけど」

ちょっとだけ甘えたような目になった白柳は、そう囁《ささや》きながら吉国の唇《くちびる》にちゅっとキスを落としてくる。

「ずっと考えていたんです。幸一さんが来てくれたら、絶対に頑張れると思って」

「北海道か……。いつだっけ？」

「二週間後ですね。大会は日曜日なので、土曜日に行って、大会当日のうちに飛行機で帰れば会社を休まなくてもいいですよ」

「一日くらいは休んでも大丈夫だと思うが」

「そうですか？　じゃあ土曜日から月曜までの二泊三日で行きます？」

白柳と二人で北海道旅行――。とても楽しそうだ。想像しただけでわくわくしてくる。

「行きたいな……」

「じゃあすぐに飛行機のチケットを手配しますね」

「頼む」

北海道についてはまったく詳しくない。ガイドブックを買おうかなと、吉国は服を脱がされながら考えた。

「ああ、そういえば、大会が来週の日曜日じゃなくてよかった。来週だったら私は行けないところだったからな」

「なにか用事でも？」

「見合いなんだ」

「えっ……？」

白柳の手がぴたりと止まった。凍りついたような沈黙に、吉国は「あれ？」と白柳を見上げる。さっきまで生き生きとしていた白柳の目から、光が消えていた。

「み、み、見合い…？」

「見合いといっても、会うだけだから。シロが気にすることはなにもない」

「え、でも、見合い？　どうして？　なんで？」

白柳は吉国の上から退《ど》き、ベッドの上にぺたりと座りこんで愕然《がくぜん》と顔色を失くしている。

そんなに衝撃を受けることなのかと、吉国の方が驚いた。

「会うだけだ。どうしても会ってくれと部長に頼まれてしまって、しかたなくそういうことになっただけで、私は結婚するつもりなんかない」

「部長に頼まれた？　それって、上司ですよね。断れなくて会うってことは、向こうに気に入られたら断れなくて話が進んじゃう可能性があるじゃないですか」

白柳の非難する口調に、吉国はムッとした。

「だから、結婚するつもりはないと言っているだろう。会うだけだ」

「そんなのは嫌です。会ってみたら幸一さんが気に入ることだってあり得るんですよ」

「あり得ない。それは絶対にあり得ない。私にはシロがいるじゃないか。距離を置いてみて、やはり私にはシロが必要だと、再認識したから会いに来たんだ。見合いの相手を気に入るなんて、天地がひっくり返ってもあり得ない」

どうしてわかってくれないのか、吉国は本気で説明したが、白柳の顔は晴れない。

「部長に、恋人がいると言えなかった。恋人がいるから見合いはできないなんて言ったら、すぐに会わせろ、いつ結婚するんだ、式の予定は…と、突っ込まれて聞かれるとわかっていたからだ。本当に会うだけだから。シロが心配することはなにもない。私は不誠実な男じゃないつもりだ」

「でも、部長さんの紹介なんでしょう」

「姪御さんだそうだ。当日は部長の奥様も同席すると聞いた」

白柳は片手を顔にあて、天を仰《あお》いだ。

「………幸一さん、それ、最悪です……」

「なにが」

「絶対に断れない。賭けてもいい。あなたは断れません」

「どうして。断言するな」

白柳への愛情を疑われている。こんなにも自分にはおまえがいるからと言っているのに。

「仕事一筋の幸一さんは、いまの会社の中でこのまま働いていくつもりなんでしょう。部長の不興を買うとわかっていて、断ることができるんですか」

「………できるさ」

いくぶん声にハリがなかったかもしれないが、吉国は一応胸を張ってみせた。

白柳は大きくため息をつき、のろのろとベッドを降りる。そのまま床の上に座り込み、両手で頭を抱えてしまった。

「シロ？」

「………すみません、今日は帰ってもらえますか」

「えっ……」

吉国は白柳の頭に伸ばそうとした手を硬直させた。そして自分の姿を見下ろして、急に羞恥《しゅうち》を覚える。ワイシャツのボタンはすべて外され、ベルトが抜かれていた。

帰れということは、もうセックスをしないということだろう。こんな中途半端なところで放置されるのははじめてのことだ。

吉国は軽い気持ちで見合い話を受けたが、白柳にとってはぜんぜん違ったということか。会わないでいたことで白柳を傷つけてしまったと反省したばかりなのに、またしても。

「あの、シロ、私は……」

「いいから、帰ってください。お願いします」

顔を隠したまま再度言われて、吉国はしかたなく服を整《ととの》えた。

ここで見合いはしないと約束すれば白柳は浮上するだろう。でも一度受けた見合い話を断るなんて、確実に部長の不興を買う。覚悟しなければならない。それに、押しの強い部長に、また「会うだけでも」と言われたら断ることができるかどうか、吉国には自信がなかった。

――そうか、シロが気にしているのは、こういうことか……。

見合いすら断れなかった吉国が、部長の姪に会ってから断れるかどうか信じられないのだろう。

確かに、見合いをしてから断れば、いったい彼女のどこが悪かったのかと部長が腹を立てる可能性は高い。結局は不興を買うことになるのかもしれない。

結婚する気がないのなら、会う前に断るべきだったのだ。

だがこの場をおさめるために、見合いはしないと約束することはできない。できるかどうかわからないことを約束するなんて、人としていけないと思うから、なにも言えない。

吉国はそっとベッドを降り、スーツの上着を手にして、玄関へ向かう。最後に振り返ったが、白柳は顔が見えないように俯《うつむ》いたまま動かなかった。

「……あの、シロ……」

なにをどう言えばいいか、わからない。見合いから結婚へと話が進むことはありえないと、言葉で何度説明しても、いまは空回《からまわ》りするだけだ。

だから、ひとつだけ、約束できることを口にした。

「シロ、北海道行きのチケット、取っておいてほしい。シロと一緒に行きたいから」

ぴくりと白柳の手が震えた。だが顔は上げてくれない。

吉国はため息をつき、「ごちそうさま。おやすみ」とだけ囁いてからそっと玄関を出た。

「……寒……」

晩秋の夜風は冷たい。吉国はいつのまにか酔いがすっかり冷めていることに気づいたのだった。


翌日、真っ暗な気分で黒田《くろだ》を呼び出し、白柳《しろやなぎ》は重いため息を繰《く》り返《かえ》した。

居酒屋の店内は活気があってにぎやかだが、白柳のまわりだけは沈鬱《ちんうつ》な空気が渦《うず》を巻いているようだった。

「マジで別れ話だったのか？」

「いいえ……」

「だったらどうしてそんなに落ち込んでるんだよ」

「…………」

だれかに愚痴《ぐち》りたくて黒田に連絡を取ったが、はたしてこんなことを尊敬する先輩に女々《めめ》しく語ってもいいものかどうか、いまさらながら白柳は悩んでしまう。

「………とりあえず、飲めよ」

白柳がなにも言わないでいると、ビールをグラスに注《つ》がれる。

「あ、ちょっと、兄ちゃん」

「はいっ」

黒田が元気のいい従業員を呼び止め、適当につまみを注文するのを、白柳は生気《せいき》のない目でぼんやり見遣《みや》る。

「気味の悪い目だな。なんだ、それは」

「黒田さん……その……」

「ためらってないで、とっとと吐けよ」

背中を押されるようにして、白柳は胸に溜《た》まっていたものを出してしまう。

「俺の恋人が、今度見合いするって言うんです…」

「なんだって？」

ぎょっとした顔をしてもらえて、白柳はとりあえずほっとした。見合い話を聞いてびっくりした白柳の感性は、特に異常ではないのだ。平然としていた吉国《よしくに》の方が絶対におかしい。

「別れ話じゃなかったっていま言ったよな。それでどうして見合いするってことに？」

「会社の上司が持ってきた話で、断りきれずに会うことになったって……」

「そりゃまたありがちだが、なんだ、彼女は結婚したいのか？　だったらおまえがとっととプロポーズして結婚すればいい」

それはできない……と、またため息とともに白柳は顔を伏せる。

プロポーズだけなら何回でも望むだけする自信はあるが、結婚は不可能だ。日本の法律が変わったら、その時点で役場に走るつもりではある。

「たしか十歳も年上なんだよな。結婚について、いろいろとこだわりがあってうるさいわけだ。そうか。でも見合いはする、と」

「結婚する気はないけど、断りきれなくて会うだけは会ってみるらしいんです……。でもそんなの、もし相手を気に入っちゃったらどうするんです。それか、断りきれずにとんとん話が進んでしまったら？」

あああぁ、と呻《うめ》きながら白柳は両手で頭を抱え込んだ。

「見合いなんてしないでほしい〜。でもあの様子だと絶対に見合いしちゃう〜」

「なかなか難しい問題だな」

黒田は「う〜む」と腕組みをして一緒に悩んでくれた。

「おまえの取るべき道は二つだな。彼女の言葉を信じて、とりあえず見合いが終わるまでおとなしく待ち、結婚話が進まないことを見届けるか。それとも見合いそのものを多少強引な手段を取ってでも阻止《そし》するか」

待つか、阻止するか。二者択一。

「待つなんて……」

もうかなり待った。距離を置くと言われて、嫌われたくなかったら従った。連絡がくるのを、一日千秋の思いで待ったのだ。

それでやっと解禁になったと思ったら、今度は見合い話。結婚するつもりがないなら、なぜ相手に会うのか？　白柳にはさっぱりわからない。

そもそも断りきれなかったなんて、本当だろうか。吉国は内心ではまともに結婚したいと思っているのでは？

だとしたら、阻止するなんて、吉国には迷惑でしかない。

「……俺は、あのひとの邪魔な存在には、なりたくないんです……」

「もし彼女が本気で見合いするつもりなら、もうとっくに邪魔になってるじゃないか」

グサーッと言葉が凶器となって白柳の胸を刺《さ》し貫《つらぬ》いた。半死半生で突《つ》っ伏《ぷ》した白柳の肩を、黒田が慌てて叩いてくる。

「すまん、すまん。冗談だって。ははは」

笑い事じゃない。白柳は泣きたいくらいに傷ついた。

「邪魔なら別れればいいのに、彼女はそうしなかった。本当に見合いは義務感でするだけなんじゃないのか？」

「だから、最初は義務のつもりでも、会ってみてその気にならない保証はどこにもないじゃないですかっ」

「そりゃまあ、そうだが……」

「お待ちどうさまーっ」

黒田は届いたほっけの開きをつつきながら、呆《あき》れた顔をした。

「おまえ、それだけのルックスと職人としての腕を持ちながら、どうしてそんなに自信がないんだ。まだ若いんだし、自分から離れられないくらいに惚《ほ》れさせてやる、くらいの気概《きがい》がなくてどうする」

自信なんて、ないに決まっている。吉国はゲイじゃない。白柳が惚れて、追いかけて迫って、なんとか落としたようなものだ。

吉国の気持ちひとつで終わりになる恋と言っても過言ではない。

「彼女は、おまえに惚れてるんだろ？」

「……たぶん」

まだ、嫌われてはいないと思う。だがホンモノの女に勝てる自信がない。

唯一の救いは、全国大会に一緒に行きたいと言ってくれたことか——。

「飛行機のチケット、取ってくれって……」

「飛行機？」

「北海道《ほっかいどう》です。全国大会に誘ったら、行きたいからチケットを用意しておいてくれって」

「なんだよ、そこまで言ってくれてんなら、心配ないんじゃないのか？」

黒田はやれやれと頭を振り、通りがかりの従業員を呼び止めてビールの追加を頼んだ。

「でも、ただ北海道に行きたいだけかも。行ったことがないって言っていたから」

「おまえ、そりゃネガティブ過ぎだろ。もっとポジティブになれ！　関東地区の優勝者がこんなヤツだったなんてな……」

黒田にも暗いムードが移ってしまったのか、最後はどんよりとした目で呟《つぶや》かれてしまった。

「黒田さん、いくらでも愚痴を聞くって言ってくれたじゃないですか」

「そりゃ言ったけどさぁ」

黒田は困惑顔でしばし腕組みをし、「うーん…」と黙り込んだ。

「もういっそのこと、見合いの場を覗《のぞ》き見《み》するか？」

「えっ……」

「そんなに心配なら、見合い相手をその目で見て、彼女の様子も見てしまえ。相手の男がたいしたヤツじゃなかったら、安心できるだろ。もしいい男だったとしても、彼女が乗り気じゃなければ問題にはならない。自分の目で見て、確かめてみろ」

「……どうやって……？」

「見合いの場所は聞いているか」

「知りません」

「聞き出せそうにないか？」

「いえ、教えてくれると思います」

吉国は見合いを隠さなければならないこととは思っていない。どこで何時ごろに会うのか聞けば、たぶん教えてくれるだろう。

覗き見してみるなんていけないことだが、素晴らしい案に思える。だが、吉国の邪魔をしたいわけではないのだ。

「あの、俺は、あのひとの見合いをぶち壊《こわ》す気はなくって……」

「覗いてみるだけだ。ぶち壊すつもりはないさ。相手と現場の雰囲気を見て、安心する。ただそれだけだ」

「…………わかりました」

白柳は黒田の案の魅力に勝てず、小さく頷《うなず》いたのだった。

窓の向こうは晴れた青空が広がっている。地上二十階の部屋から見る空は、浮かぶ雲がほんのすこし近いように見えた。

風もないようなので、絶好の窓拭《まどふ》き日和《びより》だなと、吉国《よしくに》はぼんやり考えた。

「あの、吉国さん？」

テーブルの正面から優しく声をかけられて、吉国は「ああ、はい」と作り笑顔で向き直る。

「すみません、あまりにもいい天気だなと思いまして」

「そうですね。抜けるような青空」

吉国が話を聞いていなかったことを咎《とが》めもせず、相手は頷《うなず》きながら合わせてくれた。よくできた女性だと思う。白柳《しろやなぎ》と出会う前なら、結婚する気になっていたかもしれない。

部長の姪《めい》という女性は、おっとりとした笑顔の優しそうな人だ。金沢《かなざわ》佐和子《さわこ》、二十八歳。控え目なラメが入ったベージュ生地のスーツを上品に着こなし、派手すぎないメイクをほどこしている。

なに不自由なく育てられて大人になったのだろう。曲がったところのない、まっすぐな性格をしている印象だった。かといって人を気遣《きづか》えないわがままではない。部長が薦《すす》めるのもわかる、素晴らしい女性だ。

だが、吉国の頭の中は、一人の窓拭き職人のことで占《し》められていた。

手元のコーヒーを一口飲み、吉国は気分を変えようと努力した。

ついさっきまで部長の妻が同席していたが、ランチが終了した時点で帰っていった。このPホテルのランチがどうしても食べたかったらしいので、目的を達成したのだろう。

「あとは若い方同士で」

長年連れ添うと夫婦は似てくるというが、部長になんとなく雰囲気が似た夫人は、人の好《よ》さそうなにっこり笑顔を振りまきながら、お決まりのセリフを残し、そそくさと個室を出て行ったのだ。

二人きりにされてしまったが、予想されたことだし、吉国とて三十代半《なか》ばの大人の男だ。いままで女性と付き合ったことがないわけがない。そつなく話を合わせて退屈《たいくつ》させないくらいはわけないはずなのに、今日はぜんぜんそれができなかった。

「あの……」

佐和子が窓から視線を戻し、逡巡《しゅんじゅん》しながら口を開く。

「吉国さんは、もしかして叔父《おじ》に無理を言われて今日ここに来たんでしょうか」

あまりにもストレートな質問に、吉国はコーヒーカップをひっくり返してしまいそうなくらい動揺《どうよう》した。冷や汗がじわりと背中に滲《にじ》む。気のない態度があからさますぎただろうか。

「あ、いえ、そんなわけでは……」

「隠さなくてもいいんです。心ここに在《あ》らずといった感じですし」

やっぱり…。

佐和子はふっと苦笑し、手元に視線を落とす。きれいに手入れされた爪《つめ》は、透明感のあるピンク色に光っていた。

「実は、今回のお見合いは、父が叔父に頼んだことなんです」

「佐和子さんのお父様が、ですか?」

「私、いま付き合っている人がいて……」

「えっ」

またもやびっくりして、今度は身を乗り出してしまう。そんな吉国に佐和子は申し訳なさそうに頭を下げた。

「付き合っている人がいるのに、お見合いなんて…って思いますよね。でも強引に話を進められて、拒絶しきれなかったんです。父が反対する気持ちはわかっていますから」

「付き合いを反対されているんですか」

佐和子は頷き、憂《うれ》い顔《がお》でため息をつく。そうすると妙な色っぽさが滲んだ。

「年下の劇団員なんて、まともな人種じゃないって言われました」

「それはまた……」

まさかそういった仕事をしている男とは思わず、吉国はコメントが浮かばない。

「所属しているのはわりと有名な劇団なんですけど、まだはじめて一年くらいだから、端役《はやく》しかもらえていないんです。生活はもちろん成り立っていませんから、アルバイトをしています。まだ仕送りももらっているみたいです。でも、とっても上手だから、そのうち売れると私は信じています」

佐和子はいきなり目をきらきらさせて、その男がいかに素敵かを語りだした。

「はじめて彼の舞台を見たのは半年前で、端役の端役だったんですけど、目が離せなくなったんです。それまで演劇には興味がなかった私を誘ったのは友人で――」

あっけにとられて聞くことしかできなかった吉国だが、しだいにホッと肩の力を抜いていった。

相手に恋人がいてよかった、というのが正直な感想だ。もし気に入られて結婚を迫られたらどうしようと、本気で心配していた。白柳のためなら、最悪、部長の耳に入る覚悟でカミングアウトしかないと覚悟を決めていたくらいだ。

「私、おっかけなんてはじめてしまいました。そうしたら、彼が私の顔を覚えてくれて、個人的に会ってくれるようになって……」

佐和子は頬《ほお》を染めてもじもじと俯《うつむ》く。

幸せそうだが、父親の心配はわかる。良家の娘と知っていて付き合いはじめたなら、金が目当てかもしれないからだ。売れない劇団員にとって、小遣いに困っていない裕福な女性は貴重な存在だろう。

「どんな人なんですか」

「とてもカッコイイ人です」

佐和子はいそいそとバッグから携帯電話を取り出し、写真を見せてくれた。そこには佐和子と頬をくっつけて笑っている男が写っていたが、吉国は一瞬、絶句してしまった。

「…………個性的な俳優ですね……」

そうとしか言いようがない。

「素敵でしょう。一目惚《ひとめぼ》れだったんです」

「そうですか……」

人の好みとは、実に様々だ。佐和子の目には、ハゲでデブでも格好良く見えているのだろう。顔自慢の男に騙《だま》されているのではという懸念《けねん》は払拭《ふっしょく》された。写メの笑顔も飾り気がなくて好感がもてる。

「彼、実はT大卒なんです。大手メーカーに就職したんですけど、劇団にはまっちゃって退職したって聞きました」

「それはまた……」

頭はいいらしい。そうなると、佐和子の父親はさっさと交際を認めて彼に仕事を探してやったほうがいいのではないかと、老婆心《ろうばしん》ながら吉国は考える。

「今度、舞台を観《み》に来ませんか？」

「いいですね。ぜひ一度、行きたいです。演劇には詳《くわ》しくないのですが」

「そんなことといいんです。チケットを買ってくだされば」

そう言いながら佐和子はバックからチケットを取り出す。いつでもどこでも売れるように持ち歩いているらしい。わりと有名な劇団と言っていたが、こうしてチケットを手売りしているところを見ると、マイナーな部類に入るのかもしれない。

公演の日程は、白柳の全国大会の翌週だ。

「えー……と、では二枚、買います」

「ありがとうございます」

白柳を誘いたい。一緒に行ってくれるだろうか。今日の見合いを含めて、数々の吉国のわがままを許してくれるだろうか。

佐和子との顚末《てんまつ》をきちんと話して仲直りをし、全国大会の応援に北海道《ほっかいどう》へ行った後、二人で舞台を観に行きたい。

白柳が望むなら酒を飲んでエロく酔っ払ってもいい。どうとでも、好きなようにしてくれていいから、仲違《なかたが》いしたままなのは嫌だった。

チケットをスーツのポケットにしまいながら、今夜さっそく白柳に会いに行こうかと思う。

「あら、なにかしら？」

佐和子の声に、吉国は顔を上げる。

「なにかありましたか」

空しか見えなかった窓の外に、なにか見つけたのかと何気《なにげ》なく振り返った吉国は、窓ガラスの向こうにありえないものを発見して啞然《あぜん》としてしまった。

「あ、あ、あ、シロ……」

窓ガラス一枚隔《へだ》てた場所に、ゴンドラに乗った白柳がいた。

いつもの青い作業服ではなく、どこか別の社名が胸に書かれたオレンジ色の作業服を着ている。ヘルメットにも同じ社名だ。手には窓拭き職人の必須アイテム、スクイジー。

ブランコではなくゴンドラに乗っているのは、このホテルの屋上には設計段階から屋外作業用のゴンドラが設置されていたからだろう。白柳の横には、がっしりとした体格の男がいる。どこかで見た顔のような気がしたが、記憶の引き出しをいちいち探っている場合ではない。

吉国と目が合うと、白柳はひきつったような笑みを浮かべた。そしてチラリと佐和子の様子をうかがう。

「もしかして窓拭きをしている方たち？」

こういった職業をあまり見かけたことがないのか、佐和子の反応は鈍《にぶ》い。

「そのようですね」

「シロって、なんのことです？」

「えーと、ゴンドラが白かったので、驚きのあまりとっさにそう口走ってしまいました。深い意味はありません」

「そうですか」

佐和子はそんな説明で納得してくれたのか、それ以上はなにも言わなかった。

「それで、今回の公演は、脚本が……」

と、また劇団の話に戻る。吉国は内心ではおろおろしながらも、表情に出すことなく佐和子の話を聞く振りをした。

ちらりと白柳を見ると、窓拭きをせずにぼんやりとこちらを眺《なが》めている。いったいなにをしているのか。作業服の社名がちがうが、会社を移ったという話は聞いていない。

「吉国さん、聞いてます？」

「あ、はい」

劇団について熱く語りはじめたとたんに、佐和子は吉国の上《うわ》の空《そら》状態を咎めるようになった。

「とにかく観に来てください」

佐和子はテーブルの上で吉国の手をぎゅっと摑《つか》み、顔を寄せて力説してきた。

「チケット代、損《そん》はさせません。あの劇団は本当に素晴らしいから。もちろん、一番ステキなのは彼ですけど」

語尾にハートマークがつきそうな陶酔《とうすい》ぶりの佐和子に、吉国はなんとコメントしていいかわからない。

ぎゅうぎゅうと握《にぎ》られた手をそのままに、吉国はまた窓を振り返った。そしてギョッとする。白柳が泣きそうな顔をしていたからだ。

目を潤《うる》ませて唇をわなわなと震わせている。

いったいどうしたんだと動揺していると、白柳はおもむろにスプレーを取り出した。窓ガラスに白い泡が吹きつけられる。

やっと窓拭きをしはじめるのかと思いきや、泡は一直線に縦《たて》方向に伸び、続いて横に直角で

曲がり、途切れた。その横に、今度は丸を描く。

もしかしてこれは、なにかを書こうとしているのか？　吉国はやっと白柳の行動が理解できた。だがこれはいったいなんだろう？

文字？　カタカナ？　ひらがなではないだろう。アルファベットか？

「っ……！」

アルファベットだ！　L、O、V……E。

カーッと顔面に熱が集まり、吉国は真っ赤になって俯いた。

「吉国さん？　どうかなさいました？」

「い、いえ、なんでもありません」

あわてて体の位置をずらし、佐和子の目にスプレーの文字が入らないようブロックする。

LOVEって、窓ガラスにLOVEって！

そんなに恥《は》ずかしいことをよく思いつくものだ。思いついても普通はしないだろう。

そっと横目でもう一度見遣《みや》ると、白い泡で書かれた愛の言葉は、重力に引かれて崩れはじめていた。白柳はぐっと唇《くちびる》を引き結び、一心に吉国を見つめてきている。

力のある目が、雄弁に語っていた。愛していると。

（そうか……——）

白柳がなぜ他社の作業着を身につけてこんなところにいるのか、鈍い吉国にもやっと察することができた。

恋人がいながら断りきれずに見合いをした吉国を、責めるために来たのだろう。このために見合いの場所と時間を聞いたのか。

一緒にゴンドラに乗っている男は、その作業着の会社の者なのかもしれない。同業の知人に頼んで、見合い場所であるPホテルの窓拭きになりすまし、こんなかたちで様子をうかがいに来たのだ。

吉国は心から反省した。いくら部長の薦めだからといって、受けてはいけなかった。白柳と別れるつもりがないのだから、見合いなんてしてはいけなかった。

吉国は佐和子に握られた手をそっと外《はず》した。

「すみません」

「はい？　どうかしました？　あ、ごめんなさい、私ったら劇団の話に夢中になってしまって……」

佐和子はいまさらながら羞恥《しゅうち》を感じたのか、ポッと頬を染める。

「実は、私にも恋人がいるんです」

「まあ、そうだったんですか」

佐和子は驚いた顔をしたが、お互い様と思ったのか、咎める様子はない。

「佐和子さんは素晴らしい女性ですが、いまの私には恋人だけなんです。見合いの席に来ておきながら、申し訳ありません」

「そんなこと」

佐和子は晴れやかに微笑《ほほえ》んで、ひとつ頷いた。

「吉国さんがずっと落ち着かなかったのは、その恋人さんのことを考えていたからかしら？」

「そうです。本当にすみません」

「いいんです。では、この見合い話は、ここで終わりということでいいでしょうか」

「できれば、そうしてください。もちろん、公演は観に行きます」

「ありがとうございます」

おたがいに劇場での再会を約束してから、解散の運びとなった。個室を出る際に、ちらりと窓を振り返ると、まだそこに白柳がはりついている。

佐和子が世間知らずのお嬢様でよかった。ろくに窓拭きをせずに、室内を覗《のぞ》き見ているだけのメンテナンス業者に不審を抱くことなく、彼氏のことだけで頭をいっぱいにして部屋を出て行ってくれた。

吉国は白柳にだけわかるように、指で上をさした。屋上に行くと伝えたかったのだが、わかってくれただろうか。

「おばさまが言うとおり、ここのランチはとても美味《おい》しかったわ。吉国さんはいい人だったし、今日は楽しくご飯を食べることができました。ありがとうございました」

「いえ、こちらこそ」

佐和子をホテルのエントランスまで送り、タクシーに乗るのを見届けてから、吉国はエレベーターで最上階まで行った。

エレベーター内の案内を見ると、このホテルにはヘリポートがあるので、屋上に出られるようになっているようだ。もちろん、平常時はドアがロックされているだろうが、白柳たちがゴンドラを動かしているということは解除されているにちがいない。

屋上へのドアはすぐに見つかり、吉国は外に出ることができた。

かつて吉国が勤めるオフィスビルの窓拭き作業のときは、メンテナンス会社からチーム単位で清掃員が派遣され、屋上には道具が並んでいたものだ。だが今日は、屋上にそれらしい集団は見当たらず、作業に必要な道具類もない。

やはり白柳は吉国の見合いを覗くことだけが目的で来たのか。

「シロ、シロ？」

控え目に呼びかけてみると、給水塔の向こうから人影が現れた。オレンジ色の作業服を着た白柳だ。

「シロ……」

吉国が笑いかけると、白柳はバツが悪そうな表情をして俯いてしまう。

「おまえ、どこの会社の作業服を着ているんだ？　びっくりしたぞ」

「これは俺の会社のものです」

白柳の後ろから現れたのは、さっきゴンドラに乗っていた男だ。落ち着いた大人の雰囲気は、白柳にはないものだった。

「はじめまして、黒田《くろだ》といいます」

「黒田…？」

どこかで聞いたことがある名前……黒田黒田黒田——と口の中でぶつぶつ呟《つぶや》いてみて、「あっ」と気づいた。

「あなたは関東大会で……」

白柳と優勝を争った相手だ。白柳が現れるまで関東地区では敵なしだったというベテラン。あのときは二階の観覧席から応援していたのでアリーナにいる競技者たちの顔まではよく見えず、黒田をゼッケンの番号と体格でしか認識していなかった。

はじめて間近で黒田を見ることができ、自分と同年代だということに気づいた。白柳とは十歳程度の差があるだろう。

「あの、黒田さんがどうして白柳といっしょに？」

「このビルのメンテはうちの社が請《う》け負《お》っているんですよ。偶然ですが、ここで今日、白柳の恋人が見合いをすると聞いたので、ちょっと強引にゴンドラの使用許可を取りました」

「強引に…って、大丈夫なんですか」

黒田の立場が悪くなったり、二人きりで動かすことに危険があったりはしないのだろうか。

そう指摘すると、黒田は落ち着いた笑みを浮かべて、鷹揚《おうよう》に頷いた。

「大丈夫ですよ、もちろん。ただ今日は日曜日なので、普通なら仕事はありませんから、理由をこじつけるのに無理やり話を作ったということです」

関東大会で存在を知って以来、黒田は白柳にとっての目の上のタンコブとしか認識していなかった。

だが実際に会ってみたら、なんだか感じのいい人そうで、よく知りもしないうちに煙《けむ》たい男だと勝手に思っていたことが申し訳なくなる。

「しかし、白柳の恋人が、あなたみたいな人だとは想像していませんでしたよ……」

黒田は苦笑いを隠さずに、吉国の全身をじろじろと眺めてくる。

「あ、えっ？」

いきなり不躾《ぶしつけ》な視線を遠慮なしに注《そそ》がれ、吉国は一瞬、硬直する。

黒田に協力を頼む段階で、カミングアウトしていたのかと白柳を見遣るが、こっちはこっちで吉国を思いつめたような目で見つめてくるばかり。

「あの、えっと、どこまでご存知なんですか」

「どこまでと言われても、ついさっき、レストランの個室の窓にたどり着くまでは、年上のキャリアウーマンが相手だと思い込んでいたんですが」

「あー………そうですか。キャリアウーマン……」

なんとも気の利《き》いたコメントを返せず、吉国は曖昧《あいまい》な頷きでもごもごと呟く。

「年上で仕事熱心な人だというところは嘘じゃなかったみたいですね」

「はぁ…」

「仕事に差し支えがあるから少し距離を置こうと言ったらしいじゃないですか」

「…………」

自他共に認める業界のライバルと、恋愛について話すほど親しかったなんて、吉国はぜんぜん知らなかった。

「あの、黒田さんと白柳は、以前から知り合いだったんですか？」

「いや、最近ですよ。偶然、街中で会いましてね。何度か会ううちに、恋人のことを相談されて、見合いのことも聞きました」

見合いという単語を出されるたびに、吉国の中に罪悪感がずしずしと溜《た》まっていく。

「幸一《こういち》さん、ごめんなさいっ」

白柳がいきなり、がばっとその場に土下座した。びっくりして吉国は軽く五センチは飛び上がった。

「シロ？　なにが？　どうした？」

慌てて白柳の目線にしゃがみこむと、男らしくて爽《さわ》やかな顔を苦しげに歪《ゆが》めている。

「幸一さんを信じて待てなかった。会うだけだって言っていたのに、俺はこのまま結婚しちゃうのかもしれないと心配で心配で……我慢できなかった。こんなところまで来ちゃって、すみません」

「そんなこと……悪いのは私の方だから、シロが謝ることはない。ほら、顔を上げて」

「でも、俺……っ」

「いいから、立ちなさい」

白柳を立たせて、吉国は正面から見つめた。

「来てくれてありがとう」

「怒ってないんですか」

「怒らないさ。君の姿が窓ガラスの向こうに見えたときは、椅子から転げ落ちそうなくらい驚いたけどね」

吉国が笑うと、白柳はいくぶんホッとしたように全身の力を抜いた。

「彼女はもう帰ったよ。素敵な女性だったけど、私にはシロがいるし、なんとあちらにも恋人がいるそうだ」

「ええっ？」

「部長と奥様が先走ってセッティングしてしまっただけみたいだから、安心してくれ」

「じゃあ、あの人とはもう二度と会わないんですね」

「いや、一度くらいは会うかも」

ポケットの中のチケットを思い出して否定すると、白柳はまた一気に暗い目になった。

「幸一さん……」

「ああ、すまない。言葉が足らなかったな。じつは彼女の恋人は駆け出しの舞台俳優なんだそうだ。公演のチケットを買ったから、いっしょに行かないか」

「は？　俳優？　公演？」

きょとんとした顔もカッコイイなと、吉国は頷きながら、だらりと両脇に垂《た》れている白柳の手を取った。

「観劇に行ったときに、もしかしたらそこで彼女に会うかもしれない。でも見合い相手として再び会うわけじゃないから。ね」

ぎゅっと手を握れば、白柳の目に生気《せいき》が戻ってきた。自分の言葉で一喜一憂《いっきいちゆう》する白柳が愛しくもあり、気遣いが足らなかったと猛省《もうせい》もする吉国だ。

「シロ、余計な精神的負担をかけてしまって悪かった。会うだけとはいえ、恋人のいる身でのこのことこんなところに来てはいけなかったんだ。よくわかったよ」

「幸一さん……」

「彼女と話しながら、君のことばかり考えていた。せっかくのランチの味がぜんぜんわからなかったよ。もったいない」

「幸一さんっ」

がばっと抱きつかれて、吉国はよろけた。もちろん白柳がきつく抱きしめてくるから、倒れることはない。

「よかった、よかった！」

「シロ……」

「好きです。大好きです。もう見合いなんてしないでください」

「二度としないよ。誓ってもいい」

真摯《しんし》な気持ちでそう宣言した吉国を、白柳は感激したのか潤んだ目でじっと見つめてくる。キスされるのかなと、吉国はいつものように目を閉じかけた。

「あー、ゴホン、ゴホン、俺の存在を忘れていませんかか」

背後から無粋《ぶすい》な声が聞こえてきて、吉国はハッと我に返った。そうだ、黒田がいたのだ。人前でキスするなんて、とんでもない。

「シロ、シロッ、離せ」

白柳の腕の中からもがき出て、吉国は赤面しながら黒田に頭を下げた。

「すみません、すみません。あの、とんだところをお見せしてしまって」

「いや……仲直りして雰囲気作ってるのは別にいいんですが、家に帰ってからのほうがゆっくりできると思います」

「そうですね。そうします。すみません」

額《ひたい》に冷や汗を滲ませながら、憑《つ》き物《もの》が落ちたように爽やかな笑顔を取り戻している白柳の脇腹を突いた。

「ほら、君も黒田さんにお礼を言いなさい」

「ありがとう、黒田さん」

「いや、俺はたいしたことはしていないさ。またメールするから、メシ食おう。その前に北海道で会うか」

「向こうで美味しいものを食べにいきましょうか」

「いいね。あなたも北海道に行くんですよね？　一緒にカニでも食べに行きましょう」

「はい、ぜひご一緒させてください」

黒田は自分と同年代と思われるが、いつも白柳が世話になっているということと、恥ずかしい場面を間近で見られてしまったという負い目から、吉国は馬鹿丁寧な口調になってしまう。

白柳と黒田は給水塔の影でオレンジ色の作業服を脱いだ。作業着の下はTシャツにジーンズという、二人ともカジュアルな服装をしている。

「じゃあ、黒田さん、また北海道で」

「練習しろよ」

「頑張ります」

ホテルの前で黒田と別れると、人目もはばからず白柳が手を繋《つな》いできた。

「シロ？」

「うちに来てください」

このままバラバラに帰るつもりはなかったから、白柳はしっかりと頷く。

「このあいだ抱けなかったから、今日はめいっぱい幸一さんを良くしてあげたい」

熱を孕《はら》んだ声でそう囁《ささや》かれ、吉国は耳までカーッと真っ赤になった。まだ昼だが、白柳にとって時間なんて関係ないことは、短い付き合いの中で知っている。

こんな真っ昼間から情事にふけるなんて――と想像しただけで腰が熱くなってきた。ブランクがあるぶん、やはり吉国も溜まっているのかもしれない。

この間の夜はいいところで中断してしまったから、余計に体の熱が籠《こも》っているような気がする。

「……いいよ。私も、君を良くしてあげたい」

手管《てくだ》としてのセリフではなく、本心を告げたのだが、白柳の首筋がみるみる朱色に染まっていった。

「早く帰りたい。タクシーを使いましょう」

「あ、えっ？」

白柳は目についた空車を停《と》めて、戸惑《とまど》っている吉国を強引に押しこんだ。白柳が運転手に住所を告げると、タクシーは静かに動き出す。

「今日は秋らしい晴天ですね」

六十代と思われる運転手がのんびりとした口調で話しかけてくるのを、白柳が「そうですね」といかにもどうでもいいような態度で返事をする。

雑談に加わる気が起こらず、なんとなく無言で座っていたら、白柳の手が吉国の手に触《ふ》れてきた。指をからめるように握られて、まるで中高生のカップルのようだと、吉国はだれも見ていないのに恥ずかしくて赤くなった。


タクシー料金を払うまでは普段と変わりない様子の白柳だったが、車を降りたとたんに吉国は腕を引かれ、連行する勢いでアパートの部屋に連れ込まれた。玄関に入ってすぐに抱きすくめられる。

「幸一さん…っ」

余裕のない声で囁きながら、抱きしめたまま壁に押し付けてくる。まだ靴《くつ》も脱いでいないのに。

「ちょっ、シロ、靴を脱がせろ。中に入ろう、な？」

「ヤバイです、幸一さん、あんなこと外で言って。俺、その場で押し倒しそうになっていたんですよ？」

「あんなこと、って？」

なにか言っただろうか。

「俺を、良くしてあげたいって言ったじゃないですか」

「ああ、そういえば……」

その場の空気で、吉国にしては、つい大胆な発言をしてしまった。だがあれは素直な気持ちを口にしただけだったから、まさか白柳をそこまで動揺させるセリフとは思わなかった。

「あれは本当にそう思ったから言っただけだ」

「だからヤバイんじゃないですかっ」

唇《くちびる》が重なってきた。壁に押し付けられ、逃げるつもりはないのに逃げないように拘束《こうそく》され、唇を貪《むさぼ》られる。痛いほどに舌を吸われ、背筋がじんと痺《しび》れた。

「ん、んっ、ん……」

密着している胸から、衣服越しでありながら激しい鼓動が響いてくる。白柳の高揚《こうよう》が感じられて、吉国もますます体を熱くした。

キスをされながら、白柳の両手で体のラインをなぞられる。下から上へと卑猥《ひわい》な手つきで撫《な》でられて、吉国はぞくぞくと腰を震わせた。たったこれだけで腰が抜けそうになっている自分にびっくりする。

「ん、あっ、シロ、シロ……おねが、ここじゃ、いやだ」

唇が離れたタイミングで訴えてみたが、白柳はまったく余裕のない険《けわ》しい目で見下ろしてきた。

「もう我慢できません」

「あ、えっ？」

唐突に体がふわっと浮いた。と思ったら、玄関から入ってすぐのキッチンの床に寝かせられる。後頭部はしっかりと手で覆《おお》われていたから、床で打つことはなかったが。

「幸一さん、幸一さん」

「あ、んっ、待って、あっ」

ワイシャツをめくり上げられ、露《あらわ》になった乳首に吸い付かれた。白柳に抱かれるようになってから性感帯になってしまった胸。どうやって弄《いじ》れば吉国が悶《もだ》えるのか、白柳にはもう知られている。

「幸一さん、ちょっと痛いくらいが好きですよね」

「ちが、そんな……っ」

歯できりっと乳首を噛まれ、吉国はびくっと全身で反応した。鋭い電流に似た快感が駆《か》け巡《めぐ》る。

「ほら、いいんじゃないですか」

「あっ、んっ、やめ、ああっ」

もう片方の乳首は指先で摘《つま》むようにされ、吉国は下着の中を先走りでじわりと濡らした。

「すげ、幸一さん、色っぽい」

白柳の息が荒い。自分の反応でさらに高ぶってくれているのだと思うと、羞恥も募《つの》るが愛しさもさらにこみあげてくる。

「俺、もういきそうです」

眉尻《まゆじり》を下げて情けない顔をするから、まさかと吉国は白柳の股間《こかん》に手をやってみた。まだはじまったばかりなのに、そこは自己申告どおり、衣服の下でカチカチになっている。

「私が、してあげる」

白柳を良くしてあげたいというのは嘘じゃない。吉国は白柳のジーンズのボタンを外し、すぐに下着の中に手を滑《すべ》り込《こ》ませた。

くっ、と白柳が息をつめる。手の中で、それはぐっと力強さを増し、先端からとろりと熱い体液をこぼした。

これを口腔《こうこう》で愛撫《あいぶ》してみたい——唐突に、淫《みだ》らな欲望が湧《わ》きおこる。吉国は起き上がると、白柳を床に座らせた。

「え、なんです？」

「いいから」

「あ、ちょっとそれは………んっ」

足の間にうずくまり、吉国は躊躇《ちゅうちょ》することなくそれをぱくりとくわえた。フェラチオしてもらったことはあっても、吉国はまだしてあげた経験がなかった。白柳に求められなかったということもある。

どくんどくんと脈を打つ屹立《きつりつ》は、すこしも嫌悪感を抱かせなかった。滑《なめ》らかな先端から鋼《はがね》のように硬い幹《みき》まで、唾液《だえき》をからめながら唇で扱《しご》いてみる。もちろん大きすぎて、すべてを口腔におさめることはできない。根元は指で擦《こす》った。

「幸一さ、あっ、無理…しなくても……くっ」

無理なんかじゃない。くわえたまま視線だけを上げて、かすかに首を横に振る。それが刺激になってしまったのか、「あ、ヤベ…っ」と白柳が呟いた一瞬後、口腔で欲望が弾けた。

すこし驚いたが覚悟していたことと、吉国は断続的に吐き出されるものを、従順に飲み下す。青臭くて決して美味しいものではなかったが、白柳のものだと思うと、もったいなくて残滓《ざんし》まですすった。

「……スゲ……幸一さん、飲んでくれたんですか」

若さゆえか、白柳のそれは萎《な》えることなく勃《た》ち上《あ》がっている。片手で軽く扱きながら、吉国は熱い吐息をそこにかけた。

「シロ……これ、私に、くれないか……？」

　はしたないと知りつつも請《こ》わずにはいられない。深い快楽を得ることができる器官に作りかえられてしまった後ろの窄《すぼ》みが、さっきから疼《うず》いてしかたがなかった。

「言われなくても……っ」

「あっ」

　ころりと床に転がされ、下半身を剝《む》かれた。両手両膝《ひざ》をついた体勢を取らされ、さらに尻を白柳の眼前に突き出すような恥ずかしいポーズを求められた。

「あ、やめ、シロッ」

　尻を割り開かれ、そこに吐息を感じる。間近で見つめられているのだとわかり、羞恥のあまりカーッと全身が熱くなった。

「見るな、そんなところ、見ないでくれっ」

「なにをいまさら。さんざん見てきました。幸一さんが俺を受け入れてくれる、大切なところです。きれいですよ」

「き、きれ……って、そんなことあるわけがない、ああっ！」

　ぬるりとそこを生暖かくて柔らかなものがなぞった。ぴちゃぴちゃと水音が聞こえ、舐《な》められているのだとわかる。

「あ、やだ、そんな、やめろ……っ」

逃げようとしても異様な快感に思うように力が入らない。そのうえ、白柳にしっかりと腰を摑まれて固定されている。

敏感な窄まりを、舌は執拗《しつよう》に舐めまわしてきた。襞《ひだ》のひとつひとつを解《ほぐ》すように、吉国の抵抗を削《そ》ぎ取《と》るように。

「あ、あ、あぅ、も、やめ、おねが……っ」

感じすぎて辛《つら》いくらいなのに、表面への愛撫だけではいけない。太くて硬いもので奥まで強く突いてもらわないと、吉国はいけない体になっていた。

「入れ、て、もぅ、もう……っ！」

「まだですよ。指からです」

「そんな、っあ、あうっ」

指が一本、挿入された。唾液のぬめりでスムーズに入ってくるそれは、すぐに吉国のいいところを探りはじめた。

「ああ、ああ、ああ、シロ、シロッ」

「幸一さん、そんなに腰を振らないで。指を増やしてもいいですか？」

どうとでもしてくれと返事をする前に、指は増やされていた。二本、三本と白柳の節《ふし》くれだった長い指が吉国の中に挿入《そうにゅう》され、そこを広げられてさらに舌で舐められる。

気が狂いそうな快感に、吉国はぼろぼろと泣いていた。

「泣かないでください、そんなふうに泣かれたら、俺、暴走しそうです」

そう言われても簡単に涙は止まらない。感情ではなく肉体が流している涙だ。もう我慢できない。吉国は震える手を後ろに回し、尻を自分で広げた。

「はやく、もう、はやく……っ」

「幸一さんっ」

せっぱ詰まったような声とともに、白柳が背中に覆いかぶさってきた。すっかり解されてとろとろになっているそこに、ぴたりと白柳の先端があてがわれる。

じりじりと埋《う》め込《こ》まれる屹立のたくましさに、吉国は陶然《とうぜん》とした。熱くて太くて硬い。

「あうっ！」

ぐっと奥まで挿入され、その衝撃と快感で吉国の欲望が弾けた。床に飛び散った白濁《はくだく》を、信じられない思いで見る。

「すげ、幸一さん、入れられただけでいっちゃった？」

「あんっ」

弾んだ声で白柳が後ろから抱きしめてきた。角度が変わって内襞を抉《えぐ》られてしまい、吉国は嬌声《きょうせい》を上げる。

「気持ちいい？　俺の、入れられて気持ちいい？」

言葉が出なくて、吉国は深い余韻に震えながら、うんうんと何度も頷くことしかできない。

その拍子にまたぱらぱらと涙が振りこぼれた。

「幸一さん、好き、大好き、愛してます」

私もだと言いたくても、全身が痺れたようになっていて思うようにならない。

白柳がゆっくりと腰を引いた。ぬるぬると肉塊《にくかい》が出て行く。

「あ、あ、あ、あ、シロ、シ……ロッ」

粘膜が勝手に追うようにからみついて、新たな官能を生んでしまう。肉塊は半《なか》ばでまた奥へと突き進みはじめた。感じてたまらないところを雁《かり》の部分で意図的に擦られ、電流に似た快感が頭を真っ白にした。

「あーっ、あっ、あーっ、だめ、あーっ」

「くっ、幸一さ……」

ゆっくりだった抜き差しが、しだいに激しくなっていく。がくがくと揺《ゆ》さぶられながら、吉国は床に爪《つめ》を立てた。

「あっ、いい、そこ、シロ、もっと、もっと、あーっ、いいっ、んんっ」

達したばかりの吉国の前から、たらたらと白濁が混じった先走りの液がこぼれ落ち、床をまた汚していく。

酒なんか飲んでいない、酔ってなんかいないのに、大胆な行為をみずからすすんでやり、淫らなポーズを取ってよがり泣いている。

きっと愛に酔っているせいだ――。

「シロ、シロ、シロォ…」

首をねじって背後にいる白柳を見る。くちづけてほしかった。この体位ではかなわないのが寂《さび》しい。床の上でまともに抱き合ったら吉国が痛い思いをするだろうと、白柳が気遣ってくれたのはわかる。だが……。

「幸一さん……」

涙目で見つめただけで察してくれたのか、白柳は動きを止めた。そしていったん体を離し、床にあぐらをかく。そこに吉国は向かい合って座った。足を広げて、天を突く勢いのものの上に、中断されて疼いている窄まりをあてがう。

「自分でできますか？」

「で、できる。んっ、ん……、あ、あ、うっ」

びくびくと背筋を震わせながら、もう一度白柳と繋がった。対面座位になって、間近で視線をからませる。

「幸一さん……」

「シロ」

こんなことをしていても、白柳の笑顔は爽やかだ。愛しくて愛しくて、吉国は白柳にくちづける。唇をチュッチュッと吸ったり、ぺろぺろと舐めたりしてみた。白柳がくすぐったそうに笑う。

「俺にもやらせてください」

「あうっ」

舌に甘く噛みつかれ、吉国はきゅっと後ろに力を入れてしまった。反応よく、体内の白柳がどくんと脈動する。さらに一回り膨《ふく》れ上《あ》がったようだ。

「ああもう、幸一さんには負けます……。いったいどういう体をしているんですか」

「どう、って、なにが……あっ、んっ」

下からずんと突き上げられ、がくんと頭をのけぞらせる。脳天に響くような快感に、すぐまたいきそうになってしまう。

「あっ、あっ、待て、いきなり、ああっ、んっ、そんなにしたら、だめだ、だめっ」

「なにがですか、とろとろの上にきゅうきゅう締《し》めつけてきて、俺のを美味しそうにしゃぶっているくせに、ここで」

ここ、と繋がっているところを指でなぞられ、吉国はまた泣いた。

「触《さわ》らな、あ、あーっ、やめ、あーっ！」

剝き出しの粘膜に触れられて、理性が粉々になった。

なにもわからなくなって、めちゃくちゃに腰を振る。ただ快楽のために白柳にしがみつき、欲望のままに恥ずかしいことを口走った。

「いい、いい、もっと、そこ、もっと」

「ここがいいの？」

「ああ、いいっ、もう、だめ、いく、いくっ」

「いっていいですよ。ほら、何度でもしてあげますから、幸一さん」

「あーっ、あーっあーっ、いく、いく……！」

白柳の背中に爪を立て、全身を痙攣《けいれん》させながら、吉国は絶頂に達した。長々と尾を引く激しい快感に襲われている最中も、しつこく突き上げられ続け、絶頂感がおさまらない。

「……ふ、んっ……ん……」

混乱して、涙をこぼしながら白柳のたくましい肩に噛みついた。耳元で色っぽい呻《うめ》き声《ごえ》を聞いたと同時に、体内で熱い迸《ほとばし》りを感じる。

白柳も達したのだと、朦朧《もうろう》としながら吉国は知った。


「すごく良くしてもらいました」

「……なんだ、それは」

ベッドに横たわったままの吉国《よしくに》の胡乱《うろん》な目にもめげず、白柳《しろやなぎ》は上機嫌でにこにこと笑顔を振りまいた。

「良くしてあげたいなんて言ってもらえたから、そのとおりにしてもらったと感想を述《の》べたほうがいいかなと思いまして……」

吉国は目元を染めながらプイと横を向き、壁を睨《にら》んでいる。恥《は》ずかしがる姿も萌えると言ったら、どんな反応をするだろうと、白柳は意地悪なことを考えた。

玄関先で激しく盛り上がってしまったのは、もう昨日のことだ。あのあとベッドに移動し、延々と睦《むつ》みあった。

お見合いが事なきを得て安堵《あんど》したことと、吉国の愛情を確認できたこと、あとはやはりブランクがあって溜《た》まっていたことが原因だろうか。夢中でセックスし続け、気がつけば日付が変わる時刻になっており、吉国はぐったりと意識を失っていた。

青くなって慌てたのは言うまでもない。一瞬、救急車を呼ぼうかとまで考えたが、呼吸をしているし心臓もちゃんと動いている。しつこく揺《ゆ》すったら目を覚ましたので、ホッとした。

あとすこしで救急車を呼ぶところだったと話すと、吉国は「恥ずかしいことをするな」と喘《あえ》ぎすぎて掠《かす》れた喉《のど》で怒鳴った。

翌日は月曜日だったが吉国は満足に腰が立たず、止《や》む無《な》く欠勤。ワーカホリックの気がある吉国のことだ、こんなことなら二度と抱かせないと臍《へそ》を曲げるかと思ったが、あっさりとこう言った。

「溜めるから暴走するんだろう。もっと小出しにしたほうがいい」

ベッドに横になりながらもきちんとメガネをかけ、吉国は出勤する前の白柳に今後の方針を告げてきた。

「少なくとも週に二回はしたほうがいいな。私は週に一回でもいいんだが、おまえはまだ若いし性欲が強いようだから」

週二回というペースは、付き合いはじめて最初の一ヵ月間が、そんな感じだった。確かに、それくらいが自分たちには合っているのだろう。

「……ありがとうございます」

なんと言っていいかわからなかったので、とりあえず白柳は礼を口にした。

「なんだ、二回では不満か？　だが私の体の負担を考えると、それ以上は……」

「いえ、二回でいいです。はい、わかりました。でもあの、それって、週に二回しか会えないってことではないですよね？」

吉国の眉《まゆ》が片方だけきゅっと吊り上がった。

「会いたければ毎日でも会えばいいと、私は思っているが、おまえは違うのか？」

「いやだから、会いたいから聞いているんですよ。よかった。会ってもいいなら、俺は毎日でも幸一さんの顔が見たいです」

白柳がうれしくて笑うと、吉国はすこしだけ頬《ほお》を染めて掛《か》け布団《ぶとん》を口元まで引き上げた。

「あー……でも、会えばやりたくなっちゃうかもしれません。やっぱ会わないほうがいいかも……」

白柳は過去に何人かの恋人がいたが、こんなに好きになった人はいないし、こんなに抱いても抱いても欲望がつきない人もいなかった。これが本当の愛なのかと、白柳は吉国と付き合うようになって知ったのだ。

「私に会うと、やりたくなるのか」

「なりますね。すみません……」

「別に謝ることはない。じゃあ、もしその気になってしまったら、私が手か口で抜いてやろう」

「えっ」

びっくりして目を丸くした白柳の前で、吉国はずるっと頭の先まで布団の中にもぐりこんでしまった。さすがに恥ずかしい発言だったのだろう。

吉国の気持ちはとてもうれしいが、欲望の処理を目的として会うわけではない。本当にそこまでしてもらうかどうかわからないが、とりあえずもう一度「ありがとうございます」と言っておいた。

ベッドの上から見送ってもらいながら白柳は浮き立つ気分のまま出勤したのだった。

そして帰宅してから、昨夜の「良くしてもらった」お礼を言っていなかったことを思い出した。

「おまえは恥ずかしいヤツだな」

「そうですか？」

白柳が幸福感を抑《おさ》えきれずににこにこしていると、吉国は呆《あき》れたようなため息をついている。

「そうだ、北海道《ほっかいどう》のチケット、取りましたよ」

「そうか、ありがとう」

「ホテルはどうします？　俺たちは大会関係者指定のホテルに宿泊するんですけど」

「そのホテルはきっと関係者でいっぱいだろう。私は近いところに部屋を取れれば」

「そうですね」

帰宅途中で書店に寄り、白柳は北海道のガイドブックを買ってきた。付属の地図を眺《なが》めながら、できるだけ近そうなホテルを探す。

「パソコンがあれば早いんだが……」

「すみません、この部屋にはないんです」

あってもほとんど使わないので、実家に置いたままだ。しかもそれは古い型のデスクトップなので、大きい。

「ノート型を買おうかな」

「あまり使わないなら、無理に買うことはない。ホテルは今ここでだいたい当たりをつけておいて、私がネットで予約しよう」

吉国は当然のことながら仕事用のものとプライベート用のものを持っている。仕事帰りにこの部屋に来たときに見たことがあった。

「じゃあ、ここなんかどうですか」

「ホテル名をメモしておいてくれないか」

ガイドブックを二人で覗《のぞ》きこみながら、わくわくしてくる。北海道に行く目的は全国大会のはずなのに、吉国との楽しい旅行がメインになってしまっていた。

「おまえ、練習はしているのか？」

吉国もおなじことを思ったらしく、ふと真顔になって聞いてきた。

「してますよ。今日も会社でしてきました」

「それならいいが、頑張れよ」

「わかってます」

吉国との関係が落ち着いたおかげか、今日の練習はまずまずだった。これから本番に向けて焦《あせ》らず、徐々に気持ちを高めていけたらいいだろう。

「あの黒田《くろだ》に負けるなよ」

吉国が苦虫を嚙《か》みつぶしたような表情をしながら黒田の名前を出してきた。

「もちろん負けないように頑張りますよ。関東大会で勝っておいて全国大会で負けては、恥ずかしいですからね」

「あいつ、絶対に気がある」

「なにがですか？」

「おまえに」

意味がわからなくて、白柳はきょとんとした。吉国は苛立《いらだ》たしげに、鼻息を荒くしている。

「黒田はおまえに気がある。あいつのあの態度は、後輩にするようなものじゃない」

自分の性向に気づいてから十年あまり。白柳はそこそこ経験を積んできた。だから他人からの——主《おも》に同類の男たちからの——秋波《しゅうは》というものを察知することには長《た》けているつもりだ。だが黒田からは、いっさいそういうものは感じたことがない。

「おまえの友人関係に口出しをしたくないが、今後、黒田と二人きりで会うときは、場所を選びなさい」

「黒田さんは、たぶんそういう人じゃないと思う……」

「いいから、気をつけろ」

「……はい」

白柳は吉国の真剣な様子に押され、従順に頷《うなず》いた。だが吉国は口をへの字に曲げて、難しい顔をしたままだ。

もしかしたら——本気で黒田を疑っているわけではなく、黒田との友人関係を知らなかったことに対して拗《す》ねているのかもしれない、いや……嫉妬《しっと》してくれているのかも。

独占欲を示され、つい頬が緩《ゆる》んでしまったところを、吉国に見咎《みとが》められた。

「なにへラヘラ笑っているんだ」

「あ、いや、すみません……」

「私は空腹《くうふく》なのだが」

そういえばそうだ。途中で食材を購入してきたのにうっかりしていた。

「すぐに用意します」

ぴゅっと音がしそうなくらい風のようにキッチンへと急ぎ、白柳は晩ご飯のしたくをはじめた。背中を向けていても、吉国の視線を感じる。それがなんだかうれしくて、くすぐったい。

「明日は会社に行くからな」

背中に声をかけられて、苦笑した。つまり今夜はセックスをしないという宣言だ。

「わかっています」

白柳はリズミカルに包丁で野菜を切りながら、こんな毎日が続けばいいなと、ふと思う。

いつか二人で暮らせたら——。

よく考えたら、同棲《どうせい》したいと思ったのは吉国がはじめてかもしれない。それほど手放したくない、そばにいたい、できるだけ世話をしてあげたいと思っているのだろう。

北海道から帰ってきたら、一度きりだしてみようか。だめもとで。

白柳はひそかに心に決めて、そっと吉国を振り返る。ちらりと目が合うと、吉国はひょいと布団にもぐりこんでしまった。

会社では尊敬され恐れられてもいる課長さんが、こんなかわいいなんて、知っているのはきっと白柳だけだ。

白柳は手を止めて包丁を置くと、ベッドの横へとそっと足音を殺して近づいた。

「幸一さん」

思いがけず近くで声がしたからか、布団の塊《かたまり》がビクッと揺れた。吉国がのろのろと顔を出し、「早く用意しろ」と文句を言ってくる。

「わかってます。でもどうしても、いまあなたに言いたくなって」

「なにを」

「大好きです」

吉国はカッと頬を染めて、きつい目で睨んできた。好きと言われてなぜ睨むのかなんて、吉国を咎めてはいけない。これは照れているせいだ。

「大好きだと?」

「はい、だれよりも」

「私は愛している」

男らしく言い捨てて、吉国はがばっと布団の中に逃げた。まったく、なんてかわいい人だろう。

「早く食事の用意をしろっ」

「はいはい」

白柳はキッチンに戻りながら、もう絶対に同棲に持ち込んでやると、決意を新たにしていたのだった。

あとがき

名倉和希

　こんにちは、はじめまして、名倉和希《なくらわき》です。
　はじめてのディアプラス文庫なので、きっと私のことを知らない読者の方もいるのではないかと思います。拙作《せっさく》「はじまりは窓でした。」を手にとってくださって、どうもありがとうございます。

　表題作は雑誌掲載されたものです。特集が「働く男」だったので大人の男たちの恋愛を書こうと思いました。エリートリーマンの恋模様をしっとりと美しく……と意気ごんでいたはずが、いったいなぜ冒頭《ぼうとう》のあのシーンになってしまったのか……？　さっぱりわかりません。
　私の中にはコメディの血が流れているらしく、大阪人でもないのについついボケとツッコミを考えてしまいます。出身は愛知県なのですが、子供の頃、毎週土曜日の昼に「よし〇と新喜劇」を観ていたからでしょうか？

　今回の話を書くにあたり、窓拭き職人についてちょっと調べました。世の中にはいろいろな世界があるのだなーと感心しました。窓拭きの選手権は実際にあります。職人さんのブログで知りました。いやはや、一度見に行ってみたいものです。

窓拭きだけでなく、清掃を仕事にしている方たちは、やはり汚れているものをきれいにすることに喜びを感じるようです。みなさん、自宅はどうなのでしょうか。やはりきれいにしているのでしょうか。

実は私、掃除が苦手です…。えへ。といっても足の踏み場がないくらいにひどくはありません。片付けることはできるので。ざっと片付けて終了というのが、私の掃除。だから一見きれいですが、よーく見ると………という感じです。

そんな私がメンテナンス会社ネタの話を書くなんて、奇怪なめぐりあわせです。

シロが欲しい。ぜひシロを我が家に派遣《はけん》させてください。にこにこ笑顔で、きらりと額の汗を光らせながら、きっと丁寧に掃除してくれることでしょう。吉国《よしくに》がうらやましいです。

書き下ろしでは、黒田《くろだ》を絡《から》ませてみました。吉国とシロというバカップルの痴話喧嘩にまきこまれ、いい迷惑ですね。最後までいいひとでしたが……さて、この黒田、はたしてノンケでしょうか？　吉国が心配するとおり、ゲイでシロ狙いでしょうか？　うふふふ。いろいろと妄想を逞《たくま》しくすると楽しいです。北海道で一波乱あるかもしれませんね！

さて、今回のイラストは阿部《あべ》あかね先生に描いてもらいました。お忙しい中、ありがとうございました。爽《さわ》やかな好青年シロと、神経質そうなリーマンの吉国、そしてフェロモン振り撒《ま》いていそうな黒田を、どうもありがとうございました。
ついさっき、阿部先生の最新コミックスを読みました。ヒゲ受、いいっスね。とっても萌えました。私も次回はヒゲ受に挑戦してみたいと思います。

オヤジを書いてもいいですよと太っ腹なところを見せてくださった担当さま、書かせてくださってありがとうございました。でも、しょっぱなから本格的なオヤジはどうだろうと思い、自主的に三十代にしてみました。オヤジ受BLとしてはぬるいですが、入門篇にはなったのではないかと思います。次の文庫はたぶん四十代のオヤジ作家の話になると予想されます。わお、楽しみ。

最後になりましたが、読者のみなさま、ここまで読んでくださってありがとうございました。
これからも名倉はぼちぼちと仕事をしていくので、よろしくお願いします。ほそぼそと同人誌活動もしています。商業誌の番外篇などを書いていますので、興味のある方はHPをのぞいてみてください。 www.hpmix.com/home/wakiwaki/
それではまた、どこかでお会いしましょう。

二〇〇九年九月　　名倉和希

愛《いと》しの黒田《くろだ》さん。
ビク
黒田《くろだ》部長?
何だか体調が優《すぐ》れない様子ですが大丈夫ですか?
だっ大丈夫だ昨日少し飲みすぎてな…
少し顔色が悪いですね
酒豪《しゅごう》ぶりも結構ですがね、部長としての責任もちゃんと持ってもらわないと困ります
くど
くど
ただでさえ黒田さんは…
なんとな?!
わかってるよ! 飲みたかったんだよ昨日はッ
とにかく飲みたかったんだよっ
うっ!? なっ何だこの胸の締めつけは…
!?
ズキ
END

窓拭き選手権なるものの存在を
初めて知りました。
それにしても 高いビルの上、ロープ一本で
働く男達… ステキすぎます先生〜！

ラブラブでエロエロな二人
お腹一杯 頂きました♥
幸せです！ ウホー!!

阿部あかね

はじまりは窓でした。《はじまりはまどでした。》

この本を読んでのご意見、ご感想などをお寄せください。
名倉和希先生・阿部あかね先生へのはげましのおたよりもお待ちしております。
〒113-0024 東京都文京区西片2-19-18 新書館
[編集部へのご意見・ご感想] ディアプラス編集部「はじまりは窓でした。」係
[先生方へのおたより] ディアプラス編集部気付 〇〇先生

初　出
はじまりは窓でした。：小説DEAR⁺ 08年アキ号（Vol.31）
愛はここから：書き下ろし

新書館ディアプラス文庫

著者：**名倉和希**［なくら・わき］
初版発行：**2009年10月25日**

発行所：株式会社**新書館**
[編集] 〒113-0024 東京都文京区西片2-19-18 電話(03)3811-2631
[営業] 〒174-0043 東京都板橋区坂下1-22-14 電話(03)5970-3840
[URL] http://www.shinshokan.co.jp/
印刷・製本：**図書印刷株式会社**

定価はカバーに表示してあります。乱丁・落丁本はお取替えいたします。
ISBN978-4-403-52226-0

✤**新堂奈槻**《しんどう・なつき》

君に会えてよかった①〜③ イラスト 蔵王大志（※③定価630円）
ぼくはきみを好きになる？ イラスト あとり硅子
one coin lover イラスト 前田とも
タイミング イラスト 前田とも

✤**菅野 彰**《すがの・あきら》

眠れない夜の子供 イラスト 石原 理
愛がなければやってられない イラスト やまかみ梨由
17才 イラスト 坂井久仁江
恐怖のダーリン♡ イラスト 山田睦月
青春残酷物語 イラスト 山田睦月
なんでも屋ナンデモアリ アンダードッグ①② イラスト 麻生 海

✤**菅野 彰&月夜野 亮**《すがの・あきら&つきよの・あきら》

おおいぬ荘の人々 全7巻 イラスト 南野ましろ（※②定価620円）

✤**砂原糖子**《すなはら・とうこ》

斜向かいのヘブン イラスト 依田沙江美
セブンティーン・ドロップス イラスト 佐倉ハイジ
純情アイランド イラスト 夏目イサク（※定価651円）
204号室の恋 イラスト 藤井咲耶
言ノ葉ノ花 イラスト 三池ろむこ
恋のはなし イラスト 高久尚子
虹色スコール イラスト 佐倉ハイジ
15センチメートル未満の恋 イラスト 南野ましろ
スリープ イラスト 高井戸あけみ

✤**篁 釉以子**《たかむら・ゆいこ》

パラリーガルは競り落とされる イラスト 真山ジュン

✤**たかもり諫也（魔守諫也 改め）**《たかもり・いさや》

夜の声 冥々たり イラスト 藍川さとる
秘密 イラスト 氷栗 優
咬みつきたい。 イラスト かわい千草

✤**玉木ゆら**《たまき・ゆら》

元彼カレ イラスト やしきゆかり
Green Light イラスト 蔵王大志
ご近所さんと僕 イラスト 松本 青
ブライダル・ラバー イラスト 南野ましろ

✤**月村 奎**《つきむら・けい》

believe in you イラスト 佐久間智代
Spring has come! イラスト 南野ましろ
step by step イラスト 依田沙江美
もうひとつのドア イラスト 黒江ノリコ
秋霖高校第二寮 全3巻 イラスト 二宮悦巳
エンドレス・ゲーム イラスト 金ひかる（※定価682円）
エッグスタンド イラスト 二宮悦巳
きみの処方箋 イラスト 鈴木有布子
家賃 イラスト 松本 花
WISH イラスト 橋本あおい
ビター・スイート・レシピ イラスト 佐倉ハイジ
秋霖高校第二寮リターンズ①② イラスト 二宮悦巳

✤**名倉和希**《なくら・わき》

はじまりは窓でした。 イラスト 阿部あかね

✤**ひちわゆか**《ひちわ・ゆか》

少年はKISSを浪費する イラスト 麻々原絵里依
ベッドルームで宿題を イラスト 二宮悦巳
十三階のハーフボイルド① イラスト 麻々原絵里依（※定価620円）

✤**日夏塔子（榊 花月）**《ひなつ・とうこ》

アンラッキー イラスト 金ひかる
心の闇 イラスト 紺野けい子
やがて鐘が鳴る イラスト 石原 理（※定価714円）

✤**前田 栄**《まえだ・さかえ》

ブラッド・エクスタシー イラスト 真東砂波
JAZZ 全4巻 イラスト 高群 保

✤**松岡なつき**《まつおか・なつき》

【サンダー&ライトニング 全5巻】 イラスト カトリーヌあやこ
30秒の魔法 全3巻 イラスト カトリーヌあやこ
華やかな迷宮 全5巻 イラスト よしながふみ

✤**松前侑里**《まつまえ・ゆり》

月が空のどこにいても イラスト 碧也ぴんく
雨の結び目をほどいて イラスト あとり硅子
空から雨が降るように 雨の結び目をほどいて② イラスト あとり硅子
ピュア½ イラスト あとり硅子
地球がとっても青いから イラスト あとり硅子
猫にGOHAN イラスト あとり硅子
その瞬間、ぼくは透明になる イラスト あとり硅子
籠の鳥はいつも自由 イラスト 金ひかる
階段の途中で彼が待ってる イラスト 山田睦月
愛は冷蔵庫の中で イラスト 山田睦月
水色ステディ イラスト テクノサマタ
空にはちみつムーン イラスト 二宮悦巳
月とハニーベア イラスト 二宮悦巳
Try Me Free イラスト 高星麻子
リンゴが落ちても恋は始まらない イラスト 麻々原絵里依
星に願いをかけないで イラスト あさとえいり
カフェオレ・トワイライト イラスト 木下けい子
プールいっぱいのブルー イラスト 夢花 李
アウトレットな彼と彼 イラスト 山田睦月
ピンクのピアニシモ イラスト あさとえいり
パラダイスより不思議 イラスト 麻々原絵里依
もしも僕が愛ならば イラスト 金ひかる
春待ちチェリーブロッサム イラスト 三池ろむこ
コーンスープが落ちてきて イラスト 宝井理人
センチメンタルなビスケット イラスト RURU

✤**真瀬もと**《まなせ・もと》

スウィート・リベンジ 全3巻 イラスト 金ひかる
きみは天使ではなく。 イラスト あとり硅子
背中合わせのくちづけ 全3巻 イラスト 麻々原絵里依
熱情の契約 イラスト 笹生コーイチ
上海夜想曲 イラスト 後藤 星
太陽は夜に惑う イラスト 稲荷家房之介

✤**渡海奈穂**《わたるみ・なほ》

甘えたがりで意地っ張り イラスト 三池ろむこ
ロマンチストなろくでなし イラスト 夏乃あゆみ
夢は廃墟をかけめぐる☆ イラスト 依田沙江美
恋になるなら イラスト 富士山ひょうた
神さまと一緒 イラスト 窪スミコ
マイ・フェア・ダンディ イラスト 前田とも
さらってよ イラスト 麻々原絵里依
正しい恋の悩み方 イラスト 佐々木久美子
手を伸ばして目を閉じないで イラスト 松本ミーコハウス
ゆっくりまっすぐ近くにおいで イラスト 金ひかる
兄弟の事情 イラスト 阿部あかね

	「屋上の暇人ども④ 先生も春休み」 「屋上の暇人ども⑤ 修学旅行は眠らない 上・下巻」 「海馬が耳から駆けてゆく 全5巻」カット:南野ましろ・加倉井ミサイル(②のみ)
たかもり諫也 Isaya TAKAMORI	「Tears Roll Down 全6巻」イラスト:影木栄貴 「百年の満月 全4巻」イラスト:黒井貴也
津守時生 Tokio TSUMORI	「三千世界の鴉を殺し①〜⑭」 ①〜⑧イラスト:古張乃莉(①〜③は藍川さとる名義) ⑨〜⑭イラスト:麻々原絵里依
前田 栄 Sakae MAEDA	「リアルゲーム」イラスト:麻々原絵里依 「リアルゲーム② シミュレーションゲーム」 「ディアスポラ 全6巻」イラスト:金ひかる 「結晶物語 全4巻」イラスト:前田とも 「死が二人を分かつまで 全4巻」イラスト:ねぎしきょうこ 「THE DAY Waltz①②」イラスト:金色スイス 「天涯のパシュルーナ①」イラスト:THORES柴本
前田珠子 Tamako MAEDA	「美しいキラル①〜④」イラスト:なるしまゆり
麻城ゆう Yu MAKI	「特捜司法官S-A 全2巻」イラスト:道原かつみ 「新・特捜司法官S-A①〜⑨」イラスト:道原かつみ 「月光界秘譚① 風舟の傭兵」イラスト:道原かつみ 「月光界秘譚② 太陽の城」 「月光界秘譚③ 滅びの道標」 「月光界秘譚④ いにしえの残照」 「月光界・逢魔が時の聖地 全3巻」イラスト:道原かつみ
松殿理央 Rio MATSUDONO	「美貌の魔都 月徳貴人 上・下巻」イラスト:橘 皆無 「美貌の魔都・香神狩り」
真瀬もと Moto MANASE	「シャーロキアン・クロニクル① エキセントリック・ゲーム」イラスト:山田睦月 「シャーロキアン・クロニクル② ファントム・ルート」 「シャーロキアン・クロニクル③ アサシン」 「シャーロキアン・クロニクル④ スリーピング・ビューティ」 「シャーロキアン・クロニクル⑤ ゲーム・オブ・チャンス」 「シャーロキアン・クロニクル⑥ コンフィデンシャル・パートナー」 「廻想庭園 全4巻」イラスト:祐天慈あこ 「帝都・闇烏の事件簿 全3巻」イラスト:夏乃あゆみ
三浦しをん Shion MIURA	「妄想炸裂」イラスト:羽海野チカ
ももちまゆ Mayu MOMOCHI	「妖玄坂不動さん〜妖怪物件ございます〜」イラスト:鮎味
結城 惺 Sei YUKI	「MIND SCREEN①〜⑥」イラスト:おおや和美
和泉統子 Noriko WAIZUMI	「姫君返上!」イラスト:かわい千草